WIR MACHEN schöne bücher

Netzwerk unabhängiger Verlage

WWW.SCHOENEBUECHER.NET

Der pinguletta Verlag ist Teil des Netzwerks »schöne bücher«, eine Vereinigung unabhängiger Verlage.

pinguletta

KEVIN RIEMER-SCHADENDORF

IM BANN DES VATERLANDES

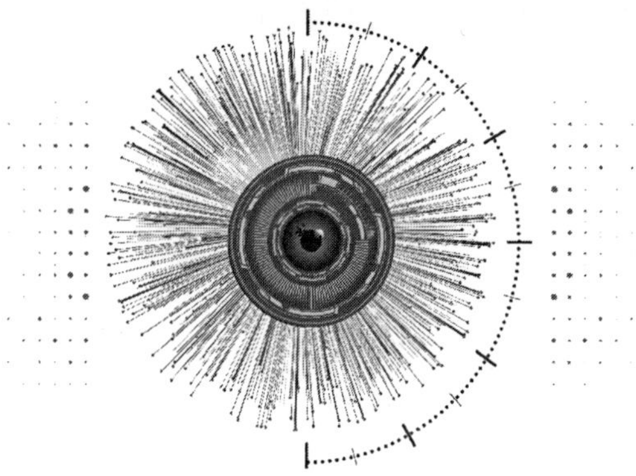

DER ALGORITHMUS DES WIDERSTANDS

ROMAN

KEVIN RIEMER-SCHADENDORF

studierte Angewandte Kulturwissenschaften an der Universität Lüneburg. Im Jahre 2014 promovierte er in Wirtschaftswissenschaften an der Universität Witten/Herdecke im Bereich Nachhaltigkeitsmanagement. Neben seiner freien schriftstellerischen Tätigkeit verantwortet er hauptberuflich die Bereiche Nachhaltigkeit und Kommunikation. In diesem Kontext engagiert er sich vielseitig für Umwelt, Kultur und Soziales, wofür er 2024 ausgezeichnet wurde. Im Rahmen einer Weiterbildung zum KI-Manager hat sich der Autor kritisch mit den Herausforderungen und Möglichkeiten von künstlichen Intelligenzen auseinandergesetzt. Freiberuflich modelt der Autor für öko-faire Marken und Nachhaltigkeitskampagnen.

Die ersten Reiseerzählungen von Riemer-Schadendorf erschienen 2017. Es folgte seine autobiografische Anthologie »Weltwärts, um die Enge der Heimat zu begreifen« und seine Novelle »Leiden für ein Feuerwerk: Die Flucht der S. Rebesky«. Sie schildert die Flucht seiner Großmutter im Zweiten Weltkrieg. Weitere Kurzgeschichten folgten, die vornehmlich auf den Erfahrungen seiner Individualreisen über sechs Kontinente beruhen. Die dystopische Erzählung »**Im Bann des Vaterlandes: Der Algorithmus des Widerstands**« ist sein Debütroman, der 2025 im pinguletta Verlag erschien.

IM BANN DES VATERLANDES

DER ALGORITHMUS DES WIDERSTANDS

In einer nicht allzu fernen Zukunft regiert in Deutschland die faschistoide FNE – die FREIHEITLICHE NATIONALE EINHEIT. Niemand ist sicher vor ihr und dem allsehenden Auge des KI-Algorithmus.

Fake News und Deepfakes beherrschen die linientreuen Medien. Die Klimakatastrophe ist im vollen Gange und setzt neue Krankheitserreger frei. Staatliche Kontrolle und Überwachung dominieren den Alltag. Alles scheint verloren.

Doch eine mutige Gruppe leistet entschlossen Widerstand.

Sämtliche Texte und Abbildungen in diesem Buch wurden ohne Einsatz künstlicher Intelligenz (KI) erstellt. Es kamen keine automatisierten KI-Werkzeuge zur Generierung von Inhalten zum Einsatz. Die Urheber:innen sind ausschließlich natürliche Personen.

KEVIN RIEMER-SCHADENDORF

IM BANN DES VATERLANDES

DER ALGORITHMUS DES WIDERSTANDS

ROMAN

ISBN 978-3-948063-65-8
1. Auflage 2025

Grafik »Abstract Futuristic City« (Cover, Buch): © GUGAI | Shutterstock
Grafik »Green Digital Code« (Cover, Buch): © Kundra | Shutterstock
Grafik »Digitales Auge« (Cover, Buch): © Chayanit | Shutterstock:
Grafik »Binary Circuit Board Future« (Buch): © Titima Ongkantong | Shutterstock:
Cover Artwork & Layout: © Helmut Speer | pinguletta Verlag
Autorenfoto: PicturePeople Hamburg
Produktion: Helmut Speer | pinguletta Verlag
Lektorat: Alla Leshenko

Ressourcenschonend gedruckt in Deutschland ohne Schutzfolie auf 100 % Recyclingpapier. Druck: www.druckterminal.de
KDD Kompetenzzentrum Digital-Druck GmbH
D-90439 Nürnberg * Printed in Germany

Druckprodukt mit finanziellem
Klimabeitrag
ClimatePartner.com/12312-2411-1001

Hersteller: pinguletta Verlag
Durlacher Str. 32, 75210 Keltern, Germany
Tel. +49 7236 932471 |www.pinguletta-verlag.de
Fragen zur Produktsicherheit: verlag@pinguletta.de

❝ *Hegel bemerkte irgendwo, dass alle großen weltgeschichtlichen Tatsachen und Personen sich sozusagen zweimal ereignen. Er hat vergessen, hinzuzufügen: das eine Mal als Tragödie, das andere Mal als Farce.*

Karl Marx: Der achtzehnte Brumaire des Louis Bonaparte, 1852

❝ *Who controls the past controls the future; who controls the present controls the past.*

George Orwell: Neunzehnhundertvierundachtzig, 1949

❝ *Wer sich seiner Geschichte nicht erinnern möchte, ist wohl verdammt, sie erneut durchleben zu müssen. Und wie soll die junge Generation die Gegenwart verstehen, geschweige denn die Zukunft gestalten, wenn sie die Vergangenheit nicht kennt; oder verkennt? Und doch lege ich all meine Hoffnung auf die mir nachfolgenden Generationen.*

S. Rebesky: Leiden für ein Feuerwerk, 2022

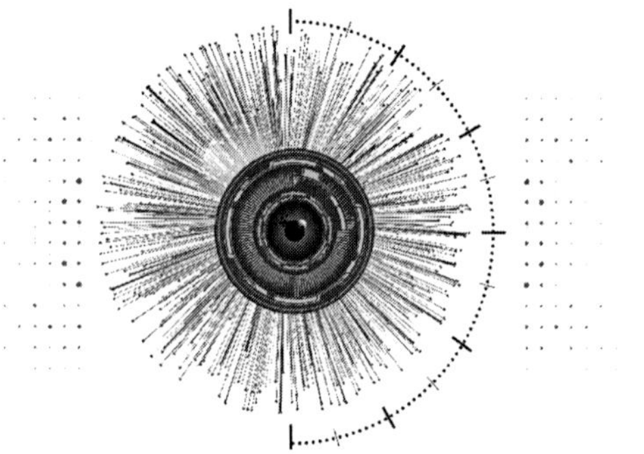

PROLOG

Musa reckt sich und dehnt seine Fingerknöchel, wobei ein leichtes Knacken zu vernehmen ist. Wie ein Pianist setzt er seine filigranen Finger auf die Tastatur, um sein Präludium aus Bits und Bytes quer durch die globalen Rechnernetzwerke zu leiten. Noch einmal atmet er hörbar aus. Dann geht es los. Seine Finger gleiten wie in Trance über die Tastatur. Die weiß leuchtenden Chiffren fallen auf seinem dunklen Monitorhintergrund mit jeder programmierten Zeile wie Schneefall zu Boden. Wir drei schauen uns unbeholfen an. Flüsternd beschließend wir, Musa in Ruhe programmieren zu lassen, und dass es reiche, wenn einer vor Ort bliebe, falls er doch etwas bräuchte. Die erste Nachtschicht übernimmt Samira.

Was in den kommenden vierundzwanzig Stunden geschieht, haben wir in unseren kühnsten Träumen nicht zu hoffen gewagt. Die FNE erlebt ihr persönliches Watergate: Polizeisirenen heulen durch die Nacht, Haustüren werden aufgebrochen, Handschellen klicken. Der Algorithmus von Musa hat die Immunität der betreffenden FNE-Politiker aufgrund der unmittelbaren Gefahr der Staatssicherheit aufgehoben. Sie trifft die volle Härte ihres eigenen SKALV-Programms. Acht Minister und zwölf hochrangige Parteifunktionäre, vornehmlich aus dem Verteidigungs- und Justizministerium, werden vorläufig festgenommen.

Einige Monate zuvor …

1

Kastanienrote Locken bahnen sich ihren Weg zwischen weißem Federbett und Daunenkissen. Gleich einer Hyazinthe im Frühling, die voller Ungeduld die poröse Schneedecke zur Sonne durchbricht. Sanft ziehe ich die beiden Veloursvorhänge beiseite und öffne einen Spaltbreit die Balkontür. Ein frischer Luftzug trifft mich unverhofft, sodass ich schützend meine Arme kreuze, um gleich darauf unter die wärmende Musselin-Decke zu schlüpfen.

»Schließ – sofort – die Balkontür«, murmelt Flora schlaftrunken.

»Sonst was?«, entgegne ich.

»Sonst, mein lieber Micha, müsste ich wohl Sergej Nemzow mit *allen* Mitteln überzeugen, uns den Gashahn für die Heizung wieder aufzudrehen.«

»Ich denke nicht, dass sich der panrussische Energieminister auf solch einen obszönen Kuhhandel einließe.«

»Du nennst mich obszön und vergleichst mich mit einer Kuh?«

»Weder noch. Hast du mir nicht zugehört? Ich nannte es einen obszönen Handel. Ein attributives Adjektiv. Kein a priori *florales* Eigenschaftswort, wenn du verstehst, was ich meine …«

»Micha! Micha, bitte«, fleht sie.

Sie drückt sich das Kopfkissen aufs Gesicht.

Ich verriegele die Balkontür.

»Zufrieden?«, lächele ich sie an.

»Ja, und nun komm her zu mir. Es ist noch viel zu früh.«

Sie schlägt mir trotzig das Kissen ins Gesicht, rollt sich auf die Seite, greift meine Hand und robbt sich an mich.

Flora trägt ihren Namen zu Recht. Sie duftet. Immer. Nicht nach Parfüm oder Duschölen. Sie riecht nach – Flora eben. Unter Tausenden von Frauen würde ich diesen Geruch auf Anhieb wiedererkennen. Ich betrachte ihre Tätowierung auf der linken Schulter. Das etwa Untertassen große Tattoo zeigt die Konturen von Frida Kahlo. Sie zwinkert und hält ein Wasserglas in der Hand, das mit »Lágrimas masculinas« etikettiert ist. Männliche Tränen. Ich küsse Frida Kahlo auf die Stirn und ernte ein wohliges Stöhnen. Floras Hand umgreift die meine noch ein wenig fester; meine Lider werden schwer und ich entgleite zurück ins Traumland.

»Scheiße!«, schrecke ich hoch und starre auf mein Handy.

»Was ist denn los?«, räkelt sich Flora.

»Schon acht Uhr! Ich komme zu spät in die Redaktion. Gerade heute!«

»Aber du hast doch den Wecker gestellt?!«

Ich blicke auf den blinkenden Radiowecker. Stromausfall. Mal wieder.

»Warum nutzt du nicht deinen Handywecker wie jeder normale Mensch?«

Ich ignoriere Floras Kritik, da ich ihr ansonsten zustimmen müsste. Stattdessen krame ich hektisch meine Klamotten zusammen, die quer über den

Schlafzimmerteppich verteilt liegen. Baumwollsocken. Ausgewaschene Jeanshose. Weißes Shirt und Kapuzenpulli. Mit der Zahnbürste im Mund bändige ich mit der linken Hand mein welliges Haar und stopfe mit der rechten meinen Laptop in den Rucksack. Ich eile ins Badezimmer, um den minzigen Zahnpastaschaum auszuspucken.

»Wo ist mein Parka?«, rufe ich durch die Wohnung.

»Na, da sicherlich nicht«, antwortet es aus dem Schlafzimmer.

»Ach …«

»Da, wo er immer liegt«, stichelt Flora belustigt.

»Und wo ist *immer*?«

»Vermutlich auf oder neben deinen ach so geliebten Sneakern.«

»Und wo sind meine Turnschuhe?«

»Probier's mal im Hausflur.«

»Da sind sie ja. Warum sagt sie das nicht gleich«, murmele ich in mich hinein.

Flora lehnt sich entspannt an den Türrahmen und beobachtet mich. Sie streicht sich ein amüsiertes Lächeln aus dem Gesicht. Gedankenverloren drücke ich gerade die Türklinke zum Hausflur herunter.

»Kuss?«

Ich drehe mich um und ernte einen auffordernden Blick.

»Asche auf mein Haupt!«, entgegne ich.

»Ganz genau!«

Zärtlich halte ich ihre Wangen mit beiden Händen und küsse sie. »Ich liebe dich.«

»Ich dich doch auch, mein kleiner Trottel. Nun darfst du gehen.«

Auf der Straße angekommen, setze ich sogleich meine Kupfer-Polymere-Atemschutzmaske auf. Das klimabedingte Auftauen des Permafrostbodens im nordöstlichen Sibirien setzte jahrtausendealte Milzbrandviren frei. Ein bis dahin im Eis konservierter Rentierkadaver taute auf und entfesselte das tödliche *Bacillus anthracis*.

Der zunächst lokale Milzbrandausbruch erreichte in unserer globalisierten Welt schnell pandemische Ausmaße. Hierfür waren mutierte Bakteriensporen verantwortlich. Sie ermöglichten via Tröpfcheninfektion erstmalig eine unmittelbare Übertragung des Lungenmilzbrands von Mensch zu Mensch.

Seit der britische Premierminister in der Downing Street bei einer Live-Übertragung mit blutigem Husten ein Interview abbrechen musste, streiten die asiatischen Weltmächte um die neu entwickelten Anthrax-Impfstoffe. In den USA kocht der Bürgerkrieg neuerlich hoch, nachdem ein republikanischer Senator behauptet hat, die Demokraten hätten den Virus freigesetzt, um die Kongresswahlen in Texas zu sabotieren. Deutschland steht, genau wie die einstigen Westmächte, in Bittstellung vor den privilegierten Staaten Indien und China sowie deren exklusiven Rohstofflieferanten Panrussland, Brasilien und Südafrika. Doch bis die privilegierte Bevölkerung der neuen Weltordnung von gut fünf Milliarden Menschen nicht geimpft ist, heißt es für die andere Hälfte mal wieder eine schwitzige Maske tragen.

Ich steige in den fahrerlosen Wasserstoffbus, der wie auf Schienen durch die Hamburger Straßenzüge gleitet. In der Innenstadt steuere ich auf das sechsstöckige Kontorhaus der Norddeutschen Zeitung zu. Der Carrara-Marmor des Foyers strahlt im hellen Weiß. Neben dem Fahrstuhl leuchtet ein mannshohes Display, auf dem die Stockwerke illuminiert sind. Im Untergeschoss herrscht die IT, ganz oben die Verwaltung. Jede Etage dazwischen verantwortet ein Ressort: Lokales, Wirtschaft, Politik, Feuilleton und Sport. Über den Ressorts schwebt das dreidimensionale Gesicht einer Frau. Sogleich scannt ihre biometrische Displaykamera die Bindegewebsstrukturen meines rechten Auges.

»Willkommen, Herr Rebesky. Ein wenig verspätet heute morgen, nicht wahr?«, stellt die digitale Frauenstimme fast menschlich fest. Ich rolle mit den Augen und atme genervt ein. »Warten Sie bitte auf den Analysebefund Ihrer Sklera.«

Es piept zweimal. »Negativ. Die Lederhaut Ihres Auges weist keinerlei Farbdissonanzen auf. Sie dürfen Ihre Maske jetzt abnehmen, Herr Rebesky.« Ein weiteres Piepen. Das Wort »Politik« leuchtet kurz auf dem Display. Die Aufzugtüren öffnen sich geräuschlos und schließen sich hinter mir. Dieselbe Frauenstimme wünscht mir beim Verlassen des Lifts noch einen guten Morgen. »Danke, Iris«, erwidere ich.

Unser IT-Team taufte unsere digitale Empfangsdame auf den Namen Iris, da sie uns anhand der Form und

Muster unserer Iris erkannte. Die Programmierer fanden das wohl witzig. Dass sie seit Einführung nebenbei noch jedwede Bewegung von uns im Gebäude protokolliert und unsere Gesundheitsdaten in Echtzeit ans Gesundheitsamt versendet, finden wir Angestellten jedoch weniger amüsant.

»Das ganzheitliche Erfassen der individuellen Physiognomie böte zusätzliche Sicherheit«, hieß es vom neuen Chefredakteur. Schließlich soll es ja schon Fälle gegeben haben, wo Terroristen die Augenmuster gefälscht hätten und so an sensible Daten gelangt wären. Bestätigte Fälle konnten uns nicht vorgelegt werden. Das Gegenteil konnte natürlich auch nicht bewiesen werden, womit das lückenlose Überwachungssystem sich selbst legitimierte.

Während meines Philosophiestudiums wäre im Plenum sicherlich höhnisches Gelächter ausgebrochen, hätte ein Student es gewagt, eine vergleichbare These *qua argumentum ad ignorantiam*[1] zu verteidigen. Doch wir sind nun einmal nicht in einem Logikseminar, sondern, gemäß dem Chefredakteur, in einem Zeitalter, »wo die Sicherheitspolitik höher bewertet werden müsse, als individuelle Grund- und Freiheitsrechte«.

Dieses Dogma ist für uns ressortübergreifend zu spüren. In diesem Sinne vereinigt die Verwaltung der Norddeutschen Zeitung inzwischen sowohl Legislative als auch Judikative in sich. Vor europäischen Medienvertretern verteidigt sie die Pressefreiheit mit großem

---

[1] Ein Scheinargument der Beweislastumkehr.

Pathos; gleichwohl interpretiert, vielmehr verschleiert sie die fehlende Gewaltenteilung mit alternativen Fakten. »Schließlich gäbe es da ja noch die Aufsichtsräte«, heißt es dann beschwichtigend. Freie Recherchen ausländischer Journalisten ergeben hingegen, dass diese »Kontrollinstanzen« schlichtweg nicht mehr sind, als ein Konsortium aus parteilinientreuen Wirtschaftslobbyisten. Gesetzesgleiche Vorgaben sowie der daraus resultierende Strafenkatalog bei Missachtung stammen de facto kollektiv aus dem obersten Stock. Die IT wird von ihr vermehrt als Exekutive instrumentalisiert, wodurch die ausführende Medienpolizei nunmehr in Bits und Bytes statt in Uniform auftritt. Anhänger der freien Presse und Meinungsvielfalt verstummen zusehends. Auch ich wage kaum mehr Protest. Der Schock über die terroristischen Anschläge auf das Münchner Oktoberfest sitzt weiterhin tief. Interne Sicherheitsmaßnahmen kritisch zu hinterfragen, kommt noch immer einem Sakrileg gleich. Fast wie eine Schändung der hunderten bis zur Unkenntlichkeit verbrannten Wiesenbesucher. Das Bild des niedergebrannten Hofbräu-Festzeltes schwebt allgegenwärtig wie ein Mahnmal in den Köpfen der Schreiber und Leser unserer Zeitung.

Übereilt trete ich aus dem Fahrstuhl und stolpere fast in meinen Ressortleiter.

»Herr Rebesky, ernsthaft?! 8:46 Uhr – und das ausgerechnet heute?«

Anton Größinger blickt demonstrativ über seine Rundbrille auf seine Breitling-Armbanduhr, um anschließend seinen makellosen Krawattenknoten zu richten.

»Es tut mir leid, Herr Größinger. Ich bin mir bewusst …«

»Tut mir leid, tut mir leid! Vielleicht geruht ja unser Herr Bundeskanzler beim nächsten Energiegipfel, seine Rede im Kreml erst am Vormittag zu halten, wenn der werte Herr Rebesky ausgeschlafen hat.«

Ich halte beschwichtigend die Hände vor meine Brust. »Verstanden. Es wird nicht wieder vorkommen.«

»Nein, das wird es ganz sicher nicht«, urteilt Größinger mechanisch kalt. Ein letzter Drohblick und er verschwindet hinter seiner Milchglastür.

Ich atme tief durch und verstecke mich in meiner Wabe des Großraumbüros. Über der akustischen Trennwand taucht plötzlich das Gesicht meiner Kollegin Jule auf.

»Mahlzeit!«, lacht sie spöttisch.

»Komm, Jule, bitte. Du nicht auch noch«, lamentiere ich.

»Guten Morgen, mein lieber Micha.«

»Schon viel besser.« Ich lächle – das erste Mal, seit ich das Haus verlassen habe.

»Ich war so frei, dir mein heutiges Protokoll der Redaktionskonferenz zu mailen. Die Bildredaktion hat dir die passenden Bilder unlängst in die Cloud geladen.«

»Die Fotos sind mal wieder fertig, noch bevor der Kanzler überhaupt gesprochen hat«, hadere ich genervt.

»Der Kanzler war noch nicht einmal in Moskau gelandet, da hatte ihn unser KI-Bildgenerator bereits händeschüttelnd vor die Staatsduma kopiert. Tja, ohne *Deepfakes* und *Computer Generated Imagery* geht halt nichts mehr! Der Text wurde von den *Content Bots* natürlich schon skizziert – musst du höchstens noch leicht vermenscheln.«

»Vermenscheln!? Die Zeiten des Homo *sapiens* – des *klugen* und *verständigen* Menschen sind wahrlich vorbei. Und wenn ich mir hier die krummen Journalistenkörper anschaue, die sich tagtäglich vor ihrem Laptop verneigen, fallen wir sogar vor die Zeit des Homo *erectus*. Wir sind eher so etwas wie ein Homo *sentiens*, ein *fühlender* Mensch, der dazu verdammt ist, der überlegenen Schöpfung *Intelligentia artificialis*[2] die notwendigen Emotionen zu verleihen.«

»Ach Micha. Ich freue mich zwar über dein großes Latinum, doch investigativer oder gar kritischer Qualitätsjournalismus ist eben von gestern. Akzeptiere das endlich, wenn du hier weiter auf der Lohnliste stehen möchtest. Sei froh, dass er als Mitglied der *Freiheitlich Nationalen Einheit* so einen guten Draht zur Parteispitze hat, ansonsten wüssten wir genauso wenig wie die verbliebenen Oppositionsblätter, was der Kanzler heute verlauten lassen wird.«

---

[2] Künstliche Intelligenz

»Wie gütig!«, antworte ich und setze ein Lächeln auf.

Jule beugt sich weiter zu mir herunter und beginnt zu flüstern. »Micha, ich mag die *FNE* ja auch nicht, aber es ist nun einmal, wie es ist. Sie haben die absolute Mehrheit im Bundestag und Bundesrat – daran können wir zwei Schreiberlinge nichts ändern.«

Ich muss mich zügeln, um nicht zu explodieren. Jule merkt es, verschwindet hinter der Wand, um wenige Sekunden später in meiner Bürowabe aufzutauchen.

»Jule, wie in Gottes Namen kannst du akzeptieren, dass wir seit nunmehr zwei Legislaturperioden einen rechtspopulistischen Arschkriecher als Bundeskanzler haben?«

Sie blickt angsterfüllt den Gang zum Büro von Herrn Größinger herunter.

»Psst! Wenn dich jemand hört!«

»Ich weiß genau, was in dem Schundartikel stehen wird, unter den ich letztlich nur noch meinen Namen setzen muss: Unser verehrter Bundeskanzler Dr. Leon von Weißhaupt konnte mit dem panrussischen Energieminister Sergej Nemzow, unter chinesischer Schirmherrschaft, zu beiderseitigem Nutzen ein herausragendes Abkommen über die Energiesicherheit Deutschlands treffen … Bla, bla, bla! Euer Fascho-Bundeskanzler hat seine erste Amtsreise nach Moskau und nicht nach Brüssel gemacht – und seitdem ist er jedes Mal mit braunem Hals aus dem Kreml zurückgekommen.«

»Braun passt ja …«

»Nicht witzig, Jule!«

»Micha, ich kenn' die Leier, und glaub ja nicht, dass *ich* die FNE gewählt habe. Es waren eben die Umstände, die zum Wahlsieg der Rechten geführt haben: Terroranschläge, Klimaflüchtlinge, Mietpreise, Virusmutationen, Arbeitslosigkeit, die Energiekrise …«

»Es reicht. Auch die ›Leier‹ kannst du dir sparen.«

Wir schauen aneinander vorbei und schweigen. Oft haben wir diese Diskussion geführt und immer haben beide verloren. Mit einem Mal steht Herr Größinger vor uns.

»Herr Rebesky. ich hoffe für Sie, dass der Textentwurf und die Bilder bereits in Augenschein genommen wurden.«

»Selbstverständlich, Herr Größinger. Die Erfolge aus Moskau sollten unbedingt aufs Titelblatt.«

»Das haben nicht Sie zu entscheiden, sondern der Herr Reichenberger.«

»Zweifelsfrei entscheidet das unser Chefredakteur, Herr Größinger.«

»Gleich nach der Rede des Kanzlers«, Herr Größinger blickt auf seine Armbanduhr, »in exakt 43 Minuten habe ich Ihr fertiges Manuskript auf meinem Schreibtisch!«

»Keine Minute später, Herr Größinger.«

Jule presst die Lippen aufeinander und unterdrückt ein Lachen. Ihre schauspielerische Leistung ist weniger überzeugend als die meine. Sie erntet vom

Ressortleiter einen argwöhnischen Blick. Kommentarlos macht er auf dem Absatz kehrt und verschwindet in seinem Büro. Ein kurzer Moment der Ruhe tritt ein, doch dann beginnt unser Redaktionsbienenstock wieder fleißig zu summen. Wir Arbeiterinnen verschwinden in unseren Waben, um die über uns schwebende Bienenkönigin weiterhin pflichtbewusst mit honigsüßen Artikeln zu füttern.

2

Flora nimmt ihre Maske ab, ruckelt mit dem Schlüssel am Türschloss und öffnet mir höfisch die Eingangstür zu unserem Treppenhaus.

»Wie galant!«, kokettiere ich.

»Das Mindeste, was ich für dich tun kann, nachdem du mich von der Klinik abgeholt hast.«

»Ja, so bin ich eben. Der perfekte Mann an deiner Seite.«

Verschmitzt rollt sie mit den Augen, als sie auf den Fahrstuhlknopf drückt. »Ein ›perfekter‹ Mann würde nicht jeden Tag auf sein fettiges Abendessen bestehen. Sieh mich nur an!« Flora presst Luft in ihren Bauch und streichelt über selbigen.

»Statt auf deine theatralische Zwerchfellatmung einzugehen, biete ich dir vielmehr eine Wette an!«, werfe ich ein.

»Lenkst du ab oder hat es tatsächlich mit meinem Gewicht zu tun?«

»Wenn du mit Gewicht deine Masse meinst, dann nicht unbedingt, aber …«

»Du bezeichnest mein Gewicht als Masse!?«

Ich winke ab. »Nicht als Masse im breiigen Sinne, sondern als physikalische Größe.«

»Mein Liebster – was immer du mir eigentlich sagen möchtest –, kleiner Tipp: Nutze niemals das Wort Masse, wenn eine Frau über ihr Körpergewicht sinniert.«

»Aber wie soll ich das zweite Newtonsche Gesetz ohne die Masse berechnen?«

Flora starrt mich verwirrt an.

»Wie dem auch sei. Ich muss nachdenken.« Ich vergrabe mein Gesicht in meine Handflächen und atme einmal tief durch. »Ich wette mit dir, dass du rund ein halbes Kilo an Gewicht verlierst, noch bevor wir oben angekommen sind.«

»Es ist manchmal nicht leicht, dir zu folgen.«

»Wettest du mit mir? Wenn ich gewinne, brätst du mir heute Bratkartoffeln mit Speck.«

»Und wenn ich gewinne, stellst du dich in die Küche und zauberst uns einen frischen Maracuja-Salat?«

»Deal!«

Der Fahrstuhl saust nach oben. Die Türen öffnen sich im achten Stock. »Und wo sind meine versprochenen fünfhundert Gramm Gewichtsverlust?«

»Oh, die hattest du, meine Liebe. Ich beweis' es dir. Warte hier.«

Ich öffne unsere Wohnungstür und eile ins Badezimmer. Mit einer Waage kehre ich zurück in den Fahrstuhl. Flora steigt ungefragt auf die Waage und stellt wenig überrascht fest, dass sie noch immer genau siebzig Kilogramm wiege.

»Das ist so richtig wie logisch, doch ich habe gewettet, dass du ein halbes Kilo an Gewicht verlierst, *bevor* wir oben angekommen sind.« Ich drücke auf den Erdgeschoss-Knopf und der Fahrstuhl saust nach unten. Unten angelangt, weise ich auf die digitale Waage und Flora stellt sich hinauf. Ich krame mein Handy aus der Hosentasche und stelle auf Kamera. »Fertig?«, grinse ich.

Wenig enthusiastisch hebt Flora den Daumen und setzt ein Lächeln auf. Ich drücke auf den achten Stock. Bei der Anfahrt steigt die Gewichtsanzeige auf siebzigeinhalb Kilo, um sich während der Fahrt auf etwa siebzig einzupendeln. Bei der Bremsung kurz vor dem achten Stock knipse ich ein Foto von der Anzeige. »Neunundsechzigeinhalb Kilo! Was sagst du jetzt?«

»Dass mein Mann ein Idiot ist«, versucht sie sich gleichgültig.

»Vielleicht. Aber ein Idiot, der im Physikunterricht aufgepasst hat!« Triumphierend trage ich die Waage in die Wohnung. »Weißt du, das zweite Axiom Newtons misst die Kraft anhand von Masse und Beschleunigung. Die Nenngeschwindigkeit des Fahrstuhls beträgt gut zwei Meter pro Sekunde. Deine Masse … ich meine, dein Gewicht von siebzig Kilo wird bei der Beschleunigung als Gesamtkraft höher, jedoch unmittelbar bei der Abbremsung des Fahrstuhlkorbes …«

»Ich höre dir ü – ber – haupt nicht zu«, flötet es aus der Küche.

Grinsend schaue ich um die Ecke.

»Wie möchte mein kleiner Pfiffikus denn nun seine Bratkartoffeln?«

»Extra fettig!«

Flora schaut mich herausfordernd an. »Kann es sein, dass du bei unserer kleinen Wette den Terminus ›Gewicht‹, nennen wir's, ein wenig interpretationsoffen ausgelegt hast?«

Beeindruckt schaue ich sie an. »Du hast mir ja doch zugehört.«

»Zugehört, verstanden und verbessert! Spiegeleier und Gewürzgurken statt Speck und Röstzwiebeln?«, fragt sie diplomatisch.

Ich nicke geschlagen. Sie druckt mir einen Kuss auf die Stirn und gibt mir einen Klaps auf den Hintern. »Viel Spaß an deiner Schreibmaschine«, zwinkert sie mir zu.

Als *Schreibmaschinenarbeit* bezeichnet Flora die redaktionelle Tätigkeit auf meinem Politik-Blog *speakers-corner.org*. In Anlehnung an die freie Meinungsäußerung sicherte ich nach der Machtübernahme der FNE in prometheischer Voraussicht die Internetadresse.

Der Domain-Name flog mir bei einem gemeinsamen Urlaubsspaziergang im Londoner Hydepark zu. Dort erfuhr ich, dass selbst Karl Marx und George Orwell ihre kritischen Thesen zu Kapitalismus, Überwachung und Totalitarismus an besagter Ecke verteidigten. Flora wies mich an jenem Ort darauf hin, dass es weder Marx noch Engels waren, die den berühmten Aufruf »Proletarier aller Länder, vereinigt Euch!« in ihrem kommunistischen Manifest als Erste nutzten, sondern eine gewisse Flora Tristan. Nach der französischen Frauenrechtlerin sei sie schließlich benannt worden, ließ sie mich damals nicht ohne Stolz wissen.

Meinen ersten Artikel veröffentlichte ich anonym als *Prometheus*. Das Pseudonym nutzte ich anfangs eher aus Spaß als aus Sicherheitsbedenken, doch veröffentliche ich unter diesem Decknamen bis heute.

Dieser Blogartikel zerpflückte das Parteiprogramm der FNE, das nach einem »Europa der Vaterländer« und einer »Wirtschafts- und Interessengemeinschaft souveräner Staaten« gierte. Damals war es für mich lediglich ein Fingerspiel ohne mediale Reichweite oder gar politischen Einfluss. Eine Art geistige Kompensation für meine immer unerträglicher werdende Arbeit bei der Norddeutschen Zeitung.

»Mein« Blog ist jedoch nur relativ zu verstehen. Im Impressum ist der obligatorische Eintrag, wer im Sinne des Presserechts verantwortlich ist, bewusst ausgespart. Dieses Versäumnis ist zwar widerrechtlich, aber praktisch legitim, da ich längst nicht der einzige Journalist bin, der auf der Plattform veröffentlicht. Seit die FNE sukzessive die staatlichen Mitglieder der Rundfunkräte parteiliniengetreu neu besetzte, erfährt mein Blog in journalistischen Kreisen regen Zulauf. Er dient, durch fehlende Zensur, als Refugium der Pressefreiheit. Seit vor wenigen Wochen unliebsame Journalisten öffentlich als Zersetzungsagenten von der FNE deklassiert wurden, ist die Veröffentlichung von Beitragen ausschließlich unter Pseudonym möglich.

Ich überfliege meine Mails. Eine Nachricht von Joe, Johann Kaufmann mit bürgerlichem Namen. Er ist ein Kollege, den ich bei einem Panel-Talk zum Thema »Festung Europa« kennenlernte. Auf dem Podium hielt er sich merklich bedeckt, doch konnte er seinen Missmut über die neue deutsche Einwanderungspolitik nur oberflächlich kaschieren. Wir waren uns auf Anhieb sympathisch und verabredeten uns auf ein Feierabendbier in der sowohl nahe liegenden als auch naheliegenden Kohlhaas-Schänke.

Aus einem Bier wurden drei, wurden sechs und spätestens die klaren Schnäpse lösten unsere Zungen endgültig. Ich berichtete ihm von meinem Blog und er versprach mir einen passenden Artikel. Was man betrunken eben so sagt und verspricht. Wenn ich ehrlich bin, hatte ich es alkoholbedingt schon ganz vergessen.

Als ich den Namen unter seinem Artikel lese, kann ich mir ein Grinsen nicht verkneifen: *Jean Kommersant*. Ein bilinguales Traduktionym[3] aus dem Französischen und Russischen: Jean für Johann sowie Kommersant für Kaufmann. »Nicht schlecht«, murmele ich, »doch mit gewissem Spürsinn und etwas Fantasie noch immer rückverfolgbar.«

Jedenfalls sind seine Artikel mit den parteikonformen Berichten der Norddeutschen Zeitung nicht zu vergleichen. Schonungslos kritisiert Joe die Renationalisierungsprozesse, um die vermeintliche Islamisierung Europas zu verhindern. Vehement verteidigt er die Reisefreiheit und stellt sich entschieden einem Austritt Deutschlands aus der EU samt Grenzkontrollen entgegen. Mit Nachdruck mahnt er vor einem *Dexit* und

---

[3] Deckname, der aus der Übersetzung des Verfassernamens in eine fremde Sprache besteht

verweist auf die sozioökonomischen Folgen für Ungarn nach seinem EU-Austritt. Gerade analysiert Joe messerscharf in Wort und Sinn die damit einhergehende Informationspolitik, als das Geklapper von Geschirr meinen Gedankenfluss unterbricht.

»Essen«, flötet es aus der Küche.

»Gleeiheich!« Ich habe den Artikel gerade einmal zur Hälfte gelesen.

»Jeeehheeetzt!«, äfft Flora mich nach.

»Jaaahhaaa!« Meine Blicke wechseln zwischen Monitor und Küchentisch. Ach, was soll's, denke ich, vertraue auf die gleichbleibende Qualität von Joes Artikeln und stelle ihn online.

Am Küchentisch berichte ich Flora begeistert von Joes Blogbeitrag, doch statt auf den Inhalt einzugehen, hinterfragt sie lediglich, wer dieser Joe eigentlich sei.

»Mehr fällt dir dazu nicht ein?«, erwidere ich und verschränke meine Arme.

»Also, ich höre den Namen das erste Mal.«

»Er ist Journalist.«

»Wer hätte das gedacht, wenn er Artikel veröffentlicht. Und weiter?«

»Er schreibt halt wie ich über Politik.«

»Aha. Und wo habt ihr euch kennengelernt?«

»Bei einem politischen Panel-Talk. Später waren wir noch zusammen was trinken in der Kohlhaas-Schänke.«

»Da habt ihr sicherlich miteinander geredet, oder?«

»Ja, natürlich.«

»Und? Wo wohnt er, ist er verheiratet oder hat er Kinder?«

»So genau haben wir über derlei nicht gesprochen. Du weißt, wie das ist, wenn zwei Männer in der Kneipe sitzen …«

»Fassen wir zusammen: Du weißt überhaupt nichts über ihn.«

»Er ist einfach ein netter Kerl. Sei's drum. Wie war dein Tag, Schatz?«

»Wie aufmerksam, dass du noch fragst«, schauspielert sie zurück.

»Ernsthaft, gibt es was Neues bezüglich der Impfstoffe?«

»Selbst als Fachärztin für öffentliches Gesundheitswesen erfahre ich so gut wie nichts, wie es um die Verhandlungen steht. Kein Wort vom Chefarzt. Von der neu installierten medizinischen Geschäftsführung ganz zu schweigen. Aber ich habe das hier.« Sie kramt in ihrer Handtasche und legt behutsam zwei Ampullen auf den Tisch.

Ich nehme sie in die Hand und schwenke eine farblose Flüssigkeit. »Ist es das, was ich hoffe?«

»Du darfst! BioThraxPro. Die engen Kontakte meiner Oberärztin zum *All India Institute of Medical Sciences* zahlen sich aus.«

»Reicht eine Dosis?«

»Gemäß dem jetzigen Forschungsstand aus Neu-Delhi, ja. Zumindest, wenn die Bazillen nicht weiter mutieren.«

»Aber eine breite Impfung der Bevölkerung ist hierzulande wohl nicht in Sicht?«

»Auf dem indischen Subkontinent stehen die Impfzentren ja bereits. Die Aufforderung der UN zu einer weltweit gerechten Impfverteilung wird wie immer ignoriert. Auch werden die Patente der Pharmakonzerne mit Sicherheit nicht veröffentlicht. Aktienkurs schlägt Mortalitätsrate. Alles wie immer. Scheiße ist das.«

Lethargisch scannt Flora die Ampulle, lädt den Injektor und schießt sich den Impfstoff in den linken Oberarm. Routiniert überträgt sie die Daten auf ihren implantierten NFC-Chip. Sie zieht ihre Atemschutzmaske aus der Hosentasche und wirft sie in den Müll.

»Jetzt du!«

3

Sonntagmorgen. Acht Uhr. Unser Chefredakteur lädt zu einer außerordentlichen Redaktionssitzung. Gemäß seinem Arbeitsethos spräche nichts gegen einen frühmorgendlichen und abteilungsübergreifenden Gedankenaustausch, für den ohnehin alle Zeit hätten. Die Anwesenheit des Politikressorts sei obligatorisch.

Gähnend schlurfe ich durch das grell durchflutete Foyer auf Iris zu und richte meine schlaftrunkenen Augen gehorsam auf die Displaykamera. Nichts. Kein Piepen. Kein Analysebefund meiner Sklera. Verwirrt trete ich vor die Fahrstuhltür. Sie öffnet sich. »Politik«, leuchtet auf dem Display.

»Guten Morgen, Herr Rebesky.«

»Guten Morgen, Iris. Gibt's am Sonntag keinen Gesundheitstest? Oder hast *du* dieses Mal verschlafen?«, grinse ich.

Keine Reaktion. »Das war ein Witz.«

»Wie amüsant, Herr Rebesky.«

Ich atme schwer aus. »Kläre mich auf, Iris!«

»Herzlich gern, Herr Rebesky. Gemäß Ihrem Near Field Communication Chip wurden Sie gestern um 21:57 Uhr mit BioThraxPro geimpft. Eine gesundheitliche Prüfung entfällt damit.«

Sprachlos stehe ich vor der geöffneten Fahrstuhltür in meinem Ressort und drehe mich energisch zum Display um. »Du hast Zugriff auf meinen implantierten NFC?«

»War das wieder ein Witz?«, fragt Iris. »Ich habe noch immer gewisse Probleme Ironie, Sarkasmus und

Zynismus zu erkennen, doch ich kann Sie beruhigen: die IT arbeitet daran.«

»Aber darum geht es gar nicht …« Die Fahrstuhltür schließt sich.

»Guten Morgen, Herr Rebesky«, beendet Iris die Diskussion.

Ich schüttle den Kopf und begebe mich in die Redaktionsküche, in der Jule sich gerade einen Kaffee aufbrüht.

»Hast du das gewusst?«, wortschwalle ich gleich auf sie ein, »Die lesen unseren NFC aus!«

»Guten Mooorgen«, verbessert mich Jule.

»Ich weiß nicht, was an diesem Morgen gut sein soll. Eine Frechheit ist das!«

»Mir scheint, da hat jemand das Memo der IT letzten Monat nicht gelesen.«

»Wer macht das denn schon?!«, werfe ich ein.

»Im Zeitalter, wo die Sicherheitspolitik höher bewertet werden müsse, als individuelle Grund- und Freiheitsrechte – kommt dir das irgendwie bekannt vor? Da gab es auch einen Absatz über den NFC-Chip«, fasst Jule das Memo zusammen. Sie reicht mir einen Kaffee und klopft mir auf den Oberarm.

»Um was geht's heute eigentlich genau?« Mein Ärger rutscht mit dem Milchkaffee meine Speiseröhre herunter.

»Irgendein *Add-in* für den Content-Bot.« Jule zuckt gleichgültig mit den Achseln.

Die Sekretärin von Herrn Reichenberger winkt hektisch in den Konferenzraum. Im besagten Konfi nicken wir unseren Kollegen zu und lassen uns auf die letzte Stuhlreihe fallen. Vor uns die fleischgewordene Dreifaltigkeit: Hockend vor einem Laptop, geruht unser Ressortleiter Größinger, die Ansprache von seinem Chefredakteur empfangen zu dürfen. Neben Siegmund Reichenberger thront ein ausgeschalteter 78-Zoll-Bildschirm. Hofiert wird dieser von der Sekretärin, die es augenscheinlich kaum erwarten kann, den Bildschirm anzuschalten.

»Guten Morgen, meine Herren«, beginnt Herr Reichenberger.

Jule presst genervt die Lippen aufeinander.

»Ich präsentiere Ihnen heute nicht weniger als die Zukunft des Journalismus!« In der gequälten Pause tropfen seine Worte wie Kerzenwachs auf den Parkettboden. Einem Zirkusdirektor gleich, gibt er zunächst seiner Sekretärin ein Zeichen, die übereifrig auf den An-Schalter des Bildschirms drückt.

Ein Wink zu seiner Rechten und Herr Größinger startet die Präsentation. Die Kollegen tauschen peinlich berührte Blicke. Auf dem Bildschirm leuchten die Worte: Generative Information Transformer V.17-beta.

»Eine generative Informationstransformierung, kurz GIT«, denglischt Herr Reichenberger.

Jule beißt sich auf die Unterlippe.

In der Diktion einer politischen Rede fährt er fort. »Die IT hat uns zu Ihrer Entlastung eine verbesserte Schreibmaschine gebaut.« Reichenbergers stechende Augen durchdringen mich. Es gefällt mir gar nicht, das Wort Schreibmaschine aus seinem Mund zu hören.

»Doch noch wissen Sie ja gar nicht, worum es geht«, korrigiert er sich im väterlichen Ton.

Am liebsten würde ich laut schreien: Meine Fresse! Was? Was? Sag's einfach und dann können wir alle schnell nach Hause!

Erneut deutet er auf Herrn Größinger, der für ihn den ersten Chart öffnet.

Jule und ich wechseln genervte Blicke. Warum nutzt er denn keine Fernbedienung? Ich streiche mir übers unrasierte Gesicht. Jule greift sich mit beiden Händen ins Haar und lehnt sich so weit wie möglich zurück.

Segmented Content – the Future of Journalism, leuchtet es auf dem Bildschirm.

»Segmentierter Content!«, wiederholt Herr Reichenberger feierlich.

Der Chefredakteur baut abermals eine staatstragende Pause ein, als stünde auf seinem imaginären Präsentationsskript »Applaus abwarten«. »Gemäß dem Pressekodex ist die wahrheitsgemäße Unterrichtung der Öffentlichkeit das oberste Gebot der Presse«, mahnt Herr Reichenberger mit erhobenem Zeigefinger. Ich spüre ein unausweichliches Aber, das gewittergleich in der Luft liegt.

»Aber«, fährt der Chefredakteur fort, »was wäre, wenn diese wahrheitsgemäße Unterrichtung der Öffentlichkeit, sagen wir, leserfreundlicher gestaltet werden könnte?«

Meine Kollegen beginnen, sich auf ihren Sitzen aufzurichten.

»Verstehen Sie, die Zeitung ist wie eine Fabrik und die Presseartikel sind ihre Produkte. Je höher der persönliche Nutzen eines Produktes, desto höher der Wert eines ebensolchen Presseproduktes«, doziert Herr Reichenberger. »Und je höher der Produktwert, desto höher die Absatzmöglichkeiten, desto höher die Einnahmen«, er öffnet seine Arme, »desto sicherer sind letztlich Ihre Arbeitsplätze!« Anschließend deutet er mit beiden Zeigefingern auf uns. »Denn Sie, Sie sind für mich das Wichtigste!«

Er beginnt, animierend in die Hände zu klatschen. Herr Größinger steigt eifrig mit ein und die Sekretärin ermuntert uns, mitzuklatschen, was jedoch nur ansatzweise gelingt. Eine unangenehme Ruhe. Ratlose Blicke.

»Ich sehe, Sie sind noch skeptisch. Das gefällt mir. Kritisch, sehr gut!« Er richtet beide Daumen nach oben und fährt im Stile eines Gebrauchtwagenhändlers fort. »Angenommen, Sie gehen später in die Kantine und lesen auf dem Menüschild, dass es heute Salamipizza gibt. Viele würden sich freuen. Viele, aber eben nicht alle. Was ist mit den Vegetariern? Den Muslimen? Die wollen wir selbstverständlich nicht ausschließen.« Er zwinkert in die Runde. »Wäre eine Pizza mit frei wählbarem Belag und Größe für jeden Geschmack und jedes Hungergefühl nicht besser für alle?«, nickt er aufmunternd. »Die individuell zubereitete Pizza hätte im Vergleich zu einer Standardpizza einen persönlichen Mehrwert.«

Er deutet auf einen Kollegen aus der Sportredaktion. »Würden Sie nicht auch viel häufiger in unserer

Kantine essen, wenn das Menü genau nach Ihren Bedürfnissen gestaltet werden würde?«

»Nun ja …«, holpert es aus seinem Mund.

»Ganz genau!«, klatscht Herr Reichenberger in die Hände. »Und genau so müssen wir unsere Pizza – unser Produkt! – unsere Artikel gestalten.«

Ich erhebe mich leicht aus meinem Kunststoffstuhl und melde mich. »Könnten Sie bitte noch einmal detailliert darauf eingehen, was Sie mit ›leserfreundlicher Gestaltung‹ meinen?«

»Sehen Sie, Herr …«

»Rebesky«, ergänzt Herr Größinger.

»Wenn Sie mir etwas mitteilen wollen, dann nutzen Sie doch auch ein anspruchsvolleres Sprachniveau, als wenn Sie es einem Kind erklären, nicht wahr?«

Gerade wollte ich antworten, da drückt Jules rechte Hand meinen Oberschenkel zusammen. Ich schweige und nicke.

»Schön. Zukünftig werden unsere Artikel spezifisch auf die jeweiligen Anforderungen und Vorlieben unseres Lesers angepasst – und zwar automatisch.«

Auf dem Bildschirm erscheint: GIT identifiziert, analysiert, segmentiert, generiert, implementiert und kommuniziert.

»Und *verwirrt*«, tuschele ich Jule ins Ohr und ernte ein breites Grinsen.

»Verdeutlichen wir es an einem praktischen Beispiel«, fahrt der Chefredakteur fort. »Durch Big Data, samt zugewiesener IP-Adressen, kennen wir unsere Leser: Demografische Angaben, ihre Mediennutzung, ihren Bildungsgrad, ihre Hobbys, ihr Konsumverhalten et cetera. Durch einen konsistenten Austausch mit entscheidenden Persönlichkeiten aus Politik und Gesellschaft haben wir sogar Zugang zur Gesichtserkennung der KI-gestützten Straßenkameras und erhalten damit detaillierte Bewegungsprofile. Nennen Sie mir einfach den Namen ihres Nachbarn und ich verrate Ihnen, was er zu Abend gegessen hat und wann er mit wem ins Bett gegangen ist.« Als sein süffisantes Lachen nur bedingt auf Gegenliebe stößt, setzt er wieder seine Chefmaske auf.

»Nehmen wir einen aktuellen Satz aus unserer Zeitung: ›Dr. Leon von Weißhaupt konsultiert Sergej Nemzow im Kreml bezüglich der bundesdeutschen Energiekrise.‹ Der GIT stuft den Lesbarkeitsindex des Satzes als durchaus anspruchsvoll ein. Gleichzeitig erkennt das Programm den Leser X und weiß, dass dieser aus einer bildungsferneren Schicht stammt. GIT passt den Satz ausschließlich für Leser X an. Dieser erhält auf dem heimischen Monitor nunmehr folgende Nachricht: ›Unser Bundeskanzler trifft in Russland den Energieminister, damit Deutschland mehr Energie bekommt.‹ Nachrichten. Individuell. Je nach Anspruch.«

Zufrieden mit sich selbst, reibt er sich die Hände. Jule hebt die Hand. »Wie weit geht diese individuelle Anpassung von Nachrichten? Eine vereinfachte Lesbarkeit ist ja schön und gut …«

Herr Reichenberger kontrolliert seine roségoldene Patek-Uhr, überprüft beiläufig seine dazugehörigen

Manschettenknöpfe und streicht über die Ärmel seines Zweireihers.

»Natürlich gibt es hier und da noch ein paar Spielereien, aber das wird Ihnen das Marketing erklären.«

So zäh seine Präsentation begann, so schnell ist sie wieder beendet. Ehe weitere Nachfragen auftauchen, springt der Marketingleiter auf. Kobaltblaues Slim-Fit-Hemd. Oberste Knöpfe offen. Hochgekrempelte Ärmel. Bunt tätowierte Unterarme. Pilotenbrille mit gelben Gläsern. Baseballkappe. Vielleicht Anfang dreißig. Er berichtet uns enthusiastisch über völlig neue Möglichkeiten der Produkt-PR. Beispielsweise, dass Werbekunden sich nunmehr redaktionelle Produktbausteine kaufen könnten.

»Angenommen, die Berlin Airways kauft bei uns ein Werbepaket, dann würde, natürlich nur dort, wo es passt und die Wahrheit nicht verfremdet, der Markenname redaktionell erscheinen. Big Data, beziehungsweise GIT spielt den Produktnamen an alle viel fliegenden Leser aus. Das sähe in etwa so aus: ›Dr. Leon von Weißhaupt fliegt mit der Berlin Airways nach Moskau, um bezüglich der bundesdeutschen Energiekrise zu debattieren.‹ «

Ein Kollege wirft ein, dass doch die Trennung von Werbung und Redaktion auch ein wesentlicher Bestandteil des Pressekodexes sei.

»Trennung klingt so … negativ.« Der Marketingleiter verzieht das Gesicht, um gleich darauf freudig erregt fortzufahren. »Im Gegenteil! Wir haben seit der Kündigung des Medienstaatsvertrages viel mehr

Spielraum. Und den gilt es zu nutzen. Entsprechend erweitern wir die Grundinformation um alternative Informationen. Win-win!«

Er verweist auf eine tiefere Einführung für Interessierte Anfang kommender Woche. Herr Größinger erhebt sich. »So weit für heute. Ich erwarte, dass sie sich eigenständig mit den Möglichkeiten des GIT-Zusatzmodules vertraut machen.«

Er verteilt eine DIN A5 große Gebrauchsanweisung. »Eine digitale Version finden Sie in der Cloud. Schönen Sonntag wünsch' ich.«

Die Kollegen verlassen den Konferenzraum. Wie angegurtet bleiben wir sitzen. Jule blättert durch die Gebrauchsanweisung wie durch ein Modemagazin. Als ich sie anstupse, würdigt sie mich keines Blickes. »Is' irgendwas?«

»Micha, wir sind nicht nur Arbeitskollegen, oder? Wir sind Freunde. Freunde, die sich gegenseitig vertrauen!«

»Ja, natürlich, aber ich verstehe nicht …«

»Du sagtest, dass du keine Ahnung hast, um was es hier heute geht.«

»Aber das hatte ich doch nicht!«

Sie seufzt und beginnt zu flüstern. »Micha, ich kenne deinen Blog.«

Stille. Ich gehe zögernd zur Tür und verschließe sie sanft von innen. »Das ist vielleicht nicht der passende Ort dafür«, weiche ich aus.

»Und ob – genau der richtige Ort! In dem letzten Blogartikel schreibt ein gewisser Kommandant Jean …«

»Jean Kommersant«, verbessere ich reflexartig.

»Also gut, dieser Jean warnt in seinem Artikel – auf deinem Blog – explizit vor den Gefahren dieser Künstlichen Intelligenz, die uns hier als harmloses Zusatzmodul verkauft wurde.«

Ich greife mir an die Stirn. Mir schießt es durch den Kopf: der zweite Teil des Artikels. Den hatte ich nicht gelesen. Ohne weiter auf Jule einzugehen, werfe ich hektisch meinen Parka über, wobei ich mehr zu mir selbst sage: »Wir reden ein anderes Mal weiter. Ich muss Joe treffen.«

Noch im Bus überfliege ich auf meinem Smartphone die zweite Texthälfte von Joes Blogbeitrag. Er umreißt die Gefahren einer Künstlichen Intelligenz namens GIT für die objektive Berichterstattung. Der Artikel warnt nicht weniger als vor einer sprachlichen Zeitenwende im Informationszeitalter. Hektisch kontaktiere ich Joe via E-Mail und hinterlasse meine Handynummer. Keine fünf Minuten später vibriert mein Handy.

»Heute 20:00 Uhr im Kohlhaas. Bring deinen Redaktionslaptop mit.«

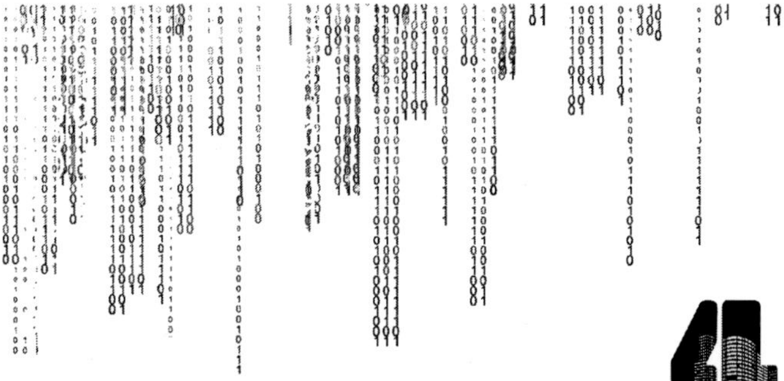

4

Ein unerwartet greller Blitz. Schützend halte ich meine Hand vors Gesicht. Zunächst sehe ich kaum mehr als einen schwarzen Fleck, umrahmt von einem hellen Ring. Schemenhaft schärft sich Joes Silhouette wieder. »Was sollte der Scheiß?!«, poltert es aus mir heraus.

»Dieser ›Scheiß‹ verdeutlicht dir den Unterschied zwischen Schein und Realität.« Joe hält mir auf seinem Handydisplay ein Foto von mir entgegen, das er gerade von mir geknipst hat. Aufgrund des Blitzlichtes ist es hoffnungslos überblendet und meine Gesichtszüge spiegeln meinen Missmut ungefiltert wider. »Die Realität«, konstatiert Joe.

Noch bevor ich meiner Verwirrung freien Lauf lassen kann, hebt Joe die Hand, um mich um Geduld zu bitten. Wild schiebt und tippt er auf seinem Display hin und her. Nach weniger als dreißig Sekunden zeigt er mir mein Foto erneut. »Der Schein.«

Das Foto zeigt mich in einem warmen Licht. Die Haare geordnet. Das Rot der Augen entfernt. Meine Mimik wirkt weich und gelöst. Eine farbgesättigte Holzvertäfelung im Hintergrund ersetzt den Eingang des Herrenpissoirs. Das Bier in meiner Hand ist verschwunden. Stattdessen stützt meine Faust bildhauerisch mein Kinn. Auch der Zigarettenrauch in der Luft weicht einer kontrastreichen Klarheit.

»Ja, und? Jede Vierzehnjährige übertrifft unsere Generation vermutlich in der Bildbearbeitung.«

»Bei Bildern sehr wohl. Aber nicht bei Texten. Nicht automatisch. Und vor allem: nicht im großen Stil.«

Meine anfängliche Skepsis weicht einer natürlichen Neugierde. Joe deutet auf meinen Laptop. Ich schiebe ihn zu ihm hinüber. »Ich nehme an, dass die journalistische GIT-Version bereits installiert ist?«

Zustimmendes Nicken, als ich auf das entsprechende Add-in deute.

Joe prüft die Einstellungen der Erweiterung. Klickt vereinzelt, dann verkündet er, dass ein gewisser Weichzeichner der Künstlichen Intelligenz auf fünfzig Prozent gestellt, jedoch noch inaktiv sei. Er brummelt vor sich hin, wobei er zur Decke schaut. »Womit füttern wir die KI jetzt? Nenn mir einen radikalen Text. Irgendeinen!«

»Etwas Politisches vielleicht?«, frage ich.

»Ja, unbedingt!«

»Das NSDAP-Parteiprogramm. Radikal genug?«

»Sehr gut.« Joe reibt sich die Hände. Tippt, sucht und kopiert den vierten Punkt des NSDAP-Parteiprogramms aus dem Jahre 1920 in das Textfeld: »Staatsbürger kann nur sein, wer Volksgenosse ist. Volksgenosse kann nur sein, wer deutschen Blutes ist. Kein Jude kann daher Volksgenosse sein.«

Kaltstart.

Joes hochmotoriger Geist zwingt meinen Verstand gleich auf die Überholspur. »Ein simpel konstruierter Syllogismus[4], der sich auf die Absurdität stützt, dass eine zelluläre Körperflüssigkeit eine Nationalität ausweisen könne. Anfang des vergangenen Jahrhunderts

---

[4] Eine auf zwei Prämissen basierende, logische Schlussfolgerung.

verhalf dieser Punkt des NSDAP-Parteiprogramms bekanntermaßen dennoch, die Nürnberger Rassengesetze zu legitimieren. Heutzutage würde die PR-Abteilung einer Partei so plump nicht mehr argumentieren.«

Natürlich teile ich Joes Interpretation, doch frage ich mich, worauf er eigentlich hinaus wolle.

»Aktivieren wir also den Weichzeichner auf mittlere Stufe.« Hitlers antisemitischer Text verschwindet. An dessen Stelle erscheint nunmehr folgender Satz: »Der Heimatschutz bedarf einer Verteidigung der angestammten Territorien und unserer deutschen Leitkultur durch eine konsequente Remigration.«

Gebannt starre ich auf den Monitor. Joe weist auf den Text. »Der gleiche Rassismus – aber eben weichgezeichnet. Wie ein Fotofilter für Texte! Stellen wir den Weichegrad auf hundert Prozent.«

Wieder verschwindet der Text und eine neue Version des Inhalts leuchtet vor uns auf. »Der identitäre Fortbestand einer Gemeinschaft basiert auf seiner ethnokulturellen Kontinuität.«

Geschockt halte ich die Hand vor den Mund. »Das klingt ganz nach einem Zitat unseres Bundeskanzlers«, resümiere ich.

»Er ist nicht mein Bundeskanzler«, korrigiert Joe.

»Meiner doch auch nicht!«, pflichte ich ihm bei. »Mensch, Joe, weißt du, was das bedeutet, wenn GIT automatisiert und unkontrolliert die redaktionellen Texte unserer Zeitung ändert?«

»Nicht nur deiner Zeitung! Entsprechend programmiert und konfiguriert, wandelt GIT die faschistoide

Schmutzwäsche durch seinen Weichspüler in eine nach Blumenwiese duftende Weißwäsche.«

»Eine Art Rassismus ohne Rassen. Ein Neo-Rassismus hinter einem sophistischen Feigenblatt einer Künstlichen Intelligenz.«

Die Wirtin stellt uns zwei neue Pils samt Anisschnäpse auf den Tisch. »Die kommen genau richtig«, fasst Joe die Situation zusammen.

Wir exen die Schnäpse, spülen mit Bier nach und Joe hält mir seine halb volle Kippenschachtel hin.

»Eigentlich rauche ich nicht mehr«, lehne ich wenig überzeugend ab.

»Eigentlich regiert uns mit der FNE eine Volkspartei der konservativen Mitte.«

Ich lächle resigniert, nehme eine Zigarette und wir starren ungefiltert zum versifften Herrenklo.

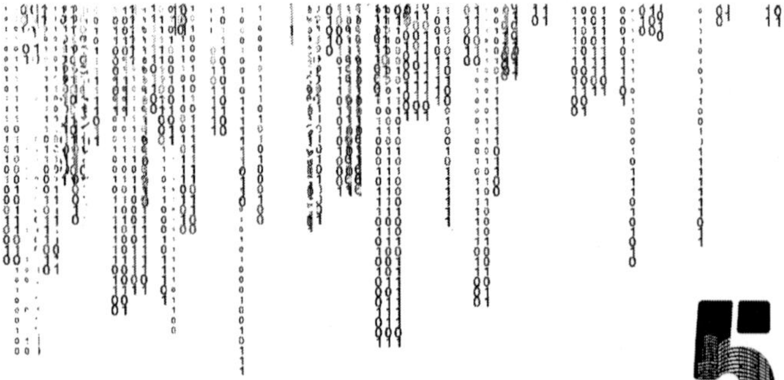

5

»Du stinkst«, stellt Flora fest, öffnet die Vorhänge und reißt die Balkontür auf. Stechende Sonnenstrahlen treffen meine Augenringe. Gequält halte ich meine Hand vors Gesicht. »Und du hast geschnarcht!«, fährt sie fort.

Sie riecht an meinem Shirt. »Heimlich geraucht hast du wohl auch.«

»Schuldig im Sinne der fachärztlichen Anklage«, röchle ich und drücke ihr Kissen auf mein Gesicht.

Flora stolziert vor dem Ehebett auf und ab, wobei sie ein imaginäres Klemmbrett hält. »Eine angemessene Diagnose würde wie folgt lauten: Der Patient Micha R. leidet an einer akuten Alkoholintoxikation mit Cephalgien, bedingt durch eine Dehydration des Körpers, verstärkt durch simultanen Nikotinkonsum. Die durch Ethanol bedingte Muskelrelaxation der oberen Atemwege evozierten Apnoephasen …«

»Gnade! Ich liebe dich doch!«

Sie stellt mir ein Glas Wasser samt Kopfschmerztablette neben das Bett. »Sobald mein Lieblingspatient geduscht und sich gründlich die Zähne geputzt hat, stehen die Chancen gut, dass seine Liebeserklärung einen gewissen Zuspruch erfahren könnte.« Sie küsst mir sanft die Stirn. Gleich darauf reißt sie mir die Bettdecke weg, was ich mit einem theatralischen Aufstöhnen quittiere. Widerwillig schlucke ich die Kopfschmerztablette und schlurfe Richtung Dusche.

»Na, wer kommt denn da aus der Zauberkugel?«, betrachtet sie mich neckisch am gedeckten Frühstückstisch.

»Zauberkugel?«

»Mini Playback Show? Marijke Amado? Nie von gehört?«

»Was soll das sein?«

»Eine Kinderfernsehshow aus den neunziger Jahren.«

»Neunziger?«

»Vergangenes Jahrtausend.«

»Da war ich noch nicht einmal geboren. Warum sollte ich so eine Sendung kennen?« Ich schüttle verwirrt mit dem Kopf.

»Sagt derjenige, der seine Musik noch immer auf Schellackplatten hört.«

»Polyvinylchlorid. Vinyl! Und das ist etwas völlig anderes.«

»Ja, natürlich«, grinst Flora und scrollt durch ihr Tablet.

»Explodierende Teuer-Mietpreise durch Klimaflüchtlinge?«, liest Flora aus einer Online-Boulevard-Zeitung«, um gleich darauf fortzufahren. »Was ist das bloß für ein Deutsch? ›Teuer-Mietpreise‹. Und warum ist fast jede Überschrift mit einem Fragezeichen versehen? Sollte journalistisch nicht so lange recherchiert werden, bis aus einem Fragezeichen ein Punkt wird? Andernfalls sind das doch nichts weiter als Behauptungen.«

»War das ernsthaft eine Frage?«

»Nein, habe nur laut gedacht. Aber das ist im Grunde das Thema, über das ich mit dir sprechen möchte.«

»Über den Verfall der Presse? Darüber würde ich mich sehr gerne mit dir unterhalten!«

»Nein, über die Mietpreise – oder besser gesagt, über unsere Tilgungsrate.«

Ich nippe an meinem Kaffee. »Was ist damit?«

»Der Immobilienkredit für unsere Wohnung läuft noch gut fünfundzwanzig Jahre.«

»Und?«

»Wir sind bis dahin fast Rentner und zahlen weiterhin die Bude ab. Das dauert mir zu lange.«

Flora streicht mit übertriebener Sorgfalt Curry-Hummus auf ihr Mehrkornbrötchen. Ich blicke sie fragend an, da ich weiß, dass sie mir im nächsten Atemzug eine Lösung präsentiert. Mir ist ebenfalls bewusst, dass sie möchte, dass ich sie nach der Lösung frage. Andererseits ist sie keine Frau, die einen explizit dazu auffordern würde. Sie kommuniziert bevorzugt zwischen den Zeilen. Wenn sie beispielsweise möchte, dass ich ein Fenster schließe, dann erwähnt sie, so ganz nebenbei, wie frisch es doch sei. Sei's drum. Um unsere eingespielte Liturgie abzukürzen, frage ich sie frei heraus nach der Kreditlösung.

Augenblicklich lässt sie das bestrichene Brötchen auf das Frühstücksbrett fallen und beginnt ihren im Geiste bereits ausgearbeiteten Vortrag. »Aaalso, du weißt ja, dass ich gestern eine Unterredung mit meinem Chefarzt Professor Schwarzbach hatte.«

Ich nicke eifrig. Sie weiß, dass ich es nicht weiß, was ich wiederum weiß. Nebenkriegsschauplatz. Zu oft hatten wir das Spiel gespielt. Akzeptieren. Weitermachen.

»Gut, also Ludwig …«

»Ludwig? Du duzt neuerdings Herrn Professor Schwarzbach?«

»Ja, seit gestern.« Sie weicht meinem Blick aus, indem sie beginnt, den Aufstrich auf ihrem Brötchen neu zu arrangieren.

»Na, das ist doch schön«, grinse ich übertrieben großherzig. Den Hauch von Ironie schlucke ich mit dem letzten Bissen meines Mortadella-Baguettes herunter.

»Jedenfalls …« Pause. »*Ludwig* hat mir die Position der Oberärztin in Aussicht gestellt.«

»Hat er das?! Der gute, selbstlose Ludwig.«

»Was soll das? Freust du dich denn gar nicht?«

»Doch, doch, gewiss freue ich mich. Nur, ist es nicht derselbe Professor Doktor Ludwig Schwarzbach, den du noch vor wenigen Wochen aufgrund seines intransparenten Führungsstils kritisiert hast?«

»Daran erinnerst du dich also!« Flora verschränkt die Arme. Sackgasse.

»Nun erzähl schon! Ich freu' mich wirklich aufrichtig für dich.« Ich nehme ihre Hand, küsse sie und streichle sanft über den weißgoldenen Hochzeitsring. Sie erwidert meine Zärtlichkeit und ein Lächeln umspielt ihre Lippen.

»Du weißt ja, wie die Gesundheitsversorgung derzeit in Deutschland aussieht. Unsere Gesellschaft wird immer älter. Die Anzahl der Pflegebedürftigen ist immens. Ludwig sprach von sieben Millionen. Tendenz steigend. Derzeit fehlen rund einhunderttausend Ärztinnen und Ärzte. Wir bräuchten zusätzlich gut siebenhundertfünfzigtausend Pflegekräfte, um eine adäquate Gesundheitsversorgung zu gewährleisten.«

»Und hat Professor Schwarzbach auch erwähnt, dass die restriktive Einwanderungspolitik der FNE nicht gerade geholfen hat, diese gravierenden Versorgungslücken zu schließen? War es nicht die medizinische Geschäftsführung *deiner* Klinik, die staatliche Gelder für die Pflege-KI dankend angenommen hat? Kein Wort der Kritik. Pflegeroboter statt ausländischer Fachkräfte!«

»Ja, und ich halte diese Entwicklung noch immer für falsch.«

»Aaaber?«

»Aber wir müssen uns jetzt den Tatsachen stellen. Wir haben nun einmal das Budget und keine Fachkräfte. Als Oberärztin wäre ich für die Sicherstellung der Patientenversorgung zuständig. Ich könnte helfen, die Situation der Pflegebedürftigen durch technische Innovationen zu verbessern. Und durch die Gehaltserhöhung könnten wir die Tilgungsrate für unsere Wohnung erhöhen. Ich hab' das alles mal ausgerechnet.« Triumphierend präsentiert sie mir ihr Tablet mit dem geöffneten Kalkulationsprogramm. »Schon in zwölfeinhalb Jahren könnten wir schuldenfrei sein!«

Schweigen. Ich pelle bedächtig mein Frühstücksei. »Es gibt kein richtiges Leben im falschen«, zitiere ich Adornos Antithese.

»Micha, bitte komme mir jetzt nicht mit deinem Philosophiegeschwafel. Du musst die Sache eben *praktisch* sehen.«

»Gut, dann wäre es jetzt wohl wenig ratsam, Argumente aus Kants *Kritik der praktischen Vernunft* anzuführen«, versuche ich die Situation aufzulockern. Was mir misslingt, denn Flora verzieht keine Miene und fährt fort.

»Ich möchte schlichtweg sämtliche Potenziale optimal ausnutzen.«

»Die da wären?«, frage ich und klinge abschätziger, als mir lieb ist.

Flora atmet tief ein und legt ihr Brotmesser zur Seite. »Mein Ziel ist es, im Rahmen meiner Möglichkeiten das öffentliche Gesundheitswesen mittels modernster Medizintechnik optimal zu unterstützen.«

»Ergänzen oder ersetzen?«, hake ich nach.

»Was meinst du?«

»Ob die Technik das medizinische Personal lediglich ergänzt oder letztlich ersetzt?«

»Es gilt, sowohl im Rahmen der personellen als auch der technisch-finanziellen Möglichkeiten, die bestmöglichen Rahmenbedingungen zu generieren. Technische Innovationen im Kontext der Künstlichen Intelligenz vermögen sich, exemplarisch via *Meta-Learning,* zu optimieren. Sie lernen somit genau wie Menschen. Dieser neueste Stand der Technik überträgt haptische und audiovisuelle Erfahrungen der KI auf ähnliche Aufgabenfelder, wodurch sich Synergieeffekte in der Personalstruktur ergeben könnten.«

»Iiih!«

»Was ›iiih‹?«

»Du klingst wie die persönliche PR-Beraterin von deinem Chefarzt. Flora ich bin's! Dein dich liebender Mann. Rede mit mir!«

»Weißt du, Die Robotik macht derzeit immense Fortschritte, insbesondere im Bereich des *Quantum Machine Learnings*. Künstliche neuronale Netze verarbeiten gigantische Datenmengen, um komplexe Muster und Zusammenhänge zu erkennen. Diese Technologie ermöglicht der KI eine Bild- und Spracherkennung der Patienten mit höchster Genauigkeit. Unser Krankenhaus plant die Einführung von *Wearable Devices*, also tragbare Geräte in der Kleidung. Diese spezielle Patientenkleidung überwacht kontinuierlich die Vitalparameter der Thrombose-Patienten. Sie interagiert mit Robotern, um bei Anomalien Alarm zu schlagen und sofortige Maßnahmen zu ergreifen. Eine solche KI-gestützte Überwachungsfunktion könnte etwa Bettlägerige durch Roboterarme wenden, um Thrombosen vorzubeugen.«

Stille. Ich starre sie fassungslos an. Floras optimistischer Gesichtsausdruck verliert sich zunehmend in Selbstzweifel. Vor meinem geistigen Auge wenden gabelstaplerartige Stahlarme die mit Altersflecken übersäten Körper. Einem Pfannenwender gleich drehen sie die nach menschlicher Nähe bedürftigen Alten und Kranken. Ich schlucke den aufsteigenden Ekel herunter.

»Ganz ehrlich, wie klingt das für dich? Roboterarme, die Hilfsbedürftige aus Fleisch und Blut wenden, weil deren Kleidung piept. Rein menschlich betrachtet?«, frage ich.

Flora geht erregt zum Angriff über. »Micha, du … du hast keine Ahnung, was im Gesundheitswesen unseres Landes los ist! Überhaupt die unterirdische Versorgung mit Impfstoffen! Und dazu noch der Scheißpersonalmangel. Die ambulante Pflege bricht zusammen! Die Fälle von Herzinfarkten, Schlaganfällen und Lungenembolien steigen rasant. Thrombosebedingt! Weil kein Pfleger die bettlägerigen Patienten umpositioniert. Und wenn ein verschissener Roboterarm ein Blutgerinnsel verhindern kann, Scheiße noch mal, dann ist es doch besser als gar keine Hilfe!« Mit Tränen in den Augen faltet sie die Hände vors Gesicht. »Oder nicht …?«

Ich schließe sie liebevoll in die Arme, streichle ihren Kopf und flüstere: »Du hast recht.«

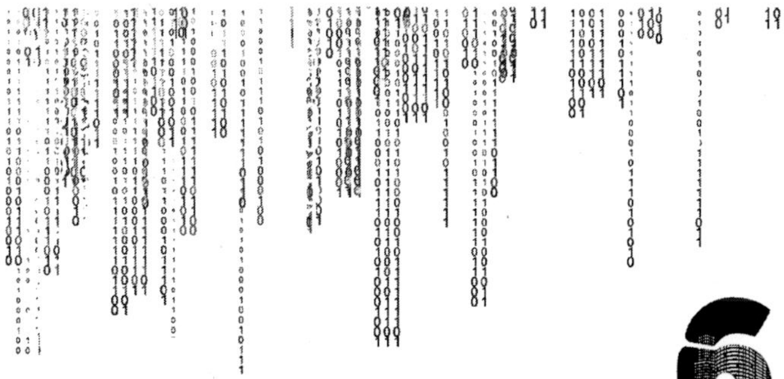

6

Jule und ich treten aus dem Foyer der Norddeutschen Zeitung auf die belebte Einkaufsstraße. Statt ihre Maske aufzusetzen, um in den Bus zu steigen, steckt sich Jule eine Kippe an, inhaliert tief und bläst den blauen Rauch in den Abendhimmel.

»Was war das heute wieder für eine Scheiße?« Jule spuckt ihre Worte auf den grauen Asphalt. Eine Antwort erwartet sie nicht. Stattdessen gestikuliert sie genervt in ihre eigene Rauchschwade. Nur selten streifen mich ihre weit aufgerissenen Augen. »Erst benennt die FNE das Ministerium für *Wirtschaft und Klimaschutz* zurück in *Wirtschaft und Energie* und jetzt der Mist.«

Gerade möchte ich beschwichtigend beipflichten, als Jule bereits fortfährt: »Für wen arbeitet unser Chefredakteur eigentlich?«

Abermals eine rhetorische Frage. Ich nicke nur.

»Das mach ich nicht. Nein, das – schaff – ich – einfach – nicht.«

»Weiß du, Reichenberger …«, doch weiter komme ich nicht.

»Ein Leitartikel über die *neue* Rolle der Frau. Dass ich nicht lache! Die *neue* … Die mittelalterliche, meint er wohl.« Sie zieht den Zigarettenqualm tief ein.

Es ist einer der Momente, wo eine Frau weder Kommentare noch Ratschläge erwartet. Insbesondere nicht von einem Mann. Daher schweige ich und höre einfach nur zu.

»Fünfzehn Ministerposten stellt die Bundesregierung. Weißt du, wie viele von Männern besetzt sind?«

Ich weiß es.

»Vierzehn! *Vierzehn* von *fünfzehn*! Nur ein Ministerpöstchen geht an eine Frau. Und welcher Posten ist es das wohl?«

Auch das ist mir bewusst.

»Die Bundes*familien*ministerin! Na klar, das kann sie – die Frau. Familie! Sonst nichts«, spottet Jule. Dann stößt sie mich an die Schulter. »Wusstest du, dass das Familienministerium noch nie von einem Mann besetzt wurde?«

Wieder beantwortet Jule sich die Frage selbst. »Seit 1985! Immer von einer Frau. Und das Finanzministerium oder … oder das Verkehrsministerium? Immer von einem Mann. Immer! Innen- oder Außenministerium? Jeweils nur einmal von einer Frau besetzt. Das wird wie ein historischer Ausrutscher von der FNE gewertet! Chef des Bundeskanzleramtes? Noch nie von einer Frau besetzt! Ich könnte weitere Beispiele aufzählen …«

Das könnte sie.

»Hast du den Leitartikel gelesen, den der Content-Bot verfasst hat? Oder sollt' ich besser Leid-Artikel sagen?!«

Ich nicke verständnisvoll.

Jule schäumt vor Wut und fährt fort. »Ich bin mit Mila über zehn Jahre ein glückliches Paar. Und jetzt: peng! Kommt die FNE daher und schafft die Ehe für gleichgeschlechtliche Paare ab. Das Adoptionsrecht wird gleich mit einkassiert. Dafür erhält sie sogar stehende Ovationen von den Christlich-Konservativen.«

»*Stehende* Ovationen ist nicht ganz richtig,« rutscht es mir leise heraus.

Jule schaut mich verwirrt wie fragend an. Als Qualitätsjournalist korrigiere ich stets reflexartig die deutsche Grammatik meines Gegenübers. Ich kann nicht anders.

»Stehende Ovationen wird vom Englischen *Standing Ovations* abgeleitet – nur eben falsch. *Standing* heißt in dem Fall eher *ausdauernd*, nicht *stehend.* Es bezieht sich also nicht auf die Körperhaltung der applaudierenden Parteimitglieder, sondern auf die Dauer des Beifalls. Zudem stünden die Christlich-Konservativen beim Applaudieren, nicht die Ovation selbst.« Ich runde meine Deutschstunde mit einem einschmeichelnden Lächeln ab, das von Jule im Keim erstickt wird. »Das ist mir gerade sowas von scheißegal, Professor Rebesky!«

»Tut mir leid – inhaltlich gebe ich dir natürlich vollkommen recht; nur eben grammatikalisch ...«

Wenn Blicke töten könnten ... Sofort kompensiere ich meine Duden-Laudatio mit einer beschwichtigenden Handbewegung.

»Darf ich wieder?«, wirft Jule schwer atmend ein.

Ich imitiere einen geschlossenen Reißverschluss vor meinen Lippen und fordere sie auf, ihren analogen Shitstorm fortzusetzen.

»Das macht alles keinen Sinn,« blickt sie mich prüfend an.

Es zuckt in mir. Der Journalist in mir möchte auf Play drücken, um folgendes Band abzuspielen: *Macht Sinn* ist ebenfalls ein Anglizismus. Im Deutschen *ergibt* etwas Sinn oder etwas ist *sinnvoll.* Alles andere ist Un-Sinn. Doch ich weiß, dass sie es weiß, und bestehe den Test, indem ich erneut den Reißverschluss imitiere. Wie einem gelehrsamen Hündchen klopft sie mir auf den Rücken.

»Hast du fein gemacht.«

Ich imitiere eine winkende Pfote und hechle. Aus Jule bricht ein lautes Lachen. Sie hält sich die Hand vor den Mund. »Du Idiot. Aber ernsthaft, ich kann unmöglich meinen Namen daruntersetzen. Ich hab' das Gefühl, unsere Namen verleihen den KI-Texten lediglich das menschliche Fluidum, um ein wenig glaubwürdiger zu wirken. Wie kann ich als queere Frau einen Leitartikel verfassen, der die neuen ›Schulischen Grundsätze‹ unseres Kultusministers preist, die offen gegen homosexuelle Rechte zu Felde ziehen und Fördermittel ausschließlich für eine binäre Geschlechterordnung gewähren?«

»Als ich mal in einer ähnlichen Situation war, gab mir eine Kollegin folgenden Rat: ›Investigativer oder gar kritischer Qualitätsjournalismus ist von gestern. Akzeptiere das endlich, wenn du hier weiter auf der Lohnliste stehen möchtest.‹ «

Jule schluckt. Natürlich weiß sie, dass es ihre Worte waren.

»Probleme sollten immer aus der Perspektive der Betroffenen gelöst werden«, versuche ich mich diplomatisch.« Kurz halte ich inne. »Ich muss Joe treffen.«

»Ist Joe dieser Typ mit dem Blogartikel, der die Machtstrukturen der FNE seziert hat?«

Ich nicke. Jule neigt ihren Kopf skeptisch zur Seite. »Und er hat jetzt *die* Lösung, um die politische Einflussnahme der FNE auf unser aller Leben zu stoppen?«

»Das weiß ich nicht. Noch nicht. Aber wie heißt es bei dem chinesischen Philosophen Sunzi über die Kriegskunst: ›Wenn du dich und den Feind kennst, brauchst du den Ausgang von hundert Schlachten nicht zu fürchten.‹ Und bisher kenne ich niemanden, der den Feind so treffend analysiert hat, wie Joe.«

»Kriegskunst? Feind? Ziehen wir etwa in die Schlacht?«. In ihrer Stimme schwingt Belustigung.

»Der Inbegriff des Könnens ist, den Feind ohne Gefecht zu unterwerfen.«

»Wieder ein Sunzi-Zitat?«

»Zumindest stand es so in Joes Blog-Artikel.«

7

Eine Nachricht von Joe. Er verspätet sich leicht. Im Kohlhaas bestelle ich Erbsensuppe, Pils und Korn. Ich überfliege auf meinem Handy erneut seinen Blog-Artikel. Er berichtet über konspirative Pläne der FNE, die doppelten Staatsbürgerschaften und Einbürgerungen massiv zu erschweren sowie das Recht auf Asyl einzuschränken. Dies erfordere eine Zweidrittelmehrheit des Bundestages und des Bundesrates. Zwar verfügt die FNE jeweils über eine Absolute Mehrheit von deutlich über fünfzig Prozent der Sitze, jedoch eben keine Zweidrittelmehrheit. Die Christlich-Konservative Partei könnte in diesem Fall das Zünglein an der Waage spielen. Nach internen Parteiinformationen wäre sie geneigt, den Antrag der FNE gemeinsam zu verabschieden – im Tausch gegen zwei Ministerposten. Mir wird übel. Woher weiß er solche Interna? Sind das bloß Vermutungen oder düstere Prognosen?

Als Joe eintrifft, stellt er den regennassen Schirm in die Ecke und schüttelt sich einmal, als ob er damit die Kälte aus seinem Körper austreiben könne. Gleich darauf freut er sich, dass ich ihm bereits Bier und Schnaps mitbestellt habe. »Keine Suppe?«, frage ich. »Sie haben auch Kürbissuppe.«

»Danke. Später vielleicht.«

Ich deute auf mein Display. »Woher willst du überhaupt die Pläne der FNE so genau kennen?«

»Auch später. Bitte.« Joe streicht über seinen Dreitagebart. Sein Gesicht verfinstert sich. »Samira wurde von einer parteinahen Kanzlei der FNE auf deinen Blog angesprochen.«

»Samira? Wer ist Samira? Und was für eine Kanzlei? Wovon sprichst du?«

»Samira werde ich dir bei Zeiten vorstellen. Vielleicht. Das hängt ganz von dir ab. Wichtiger ist nun, dass wir schnell reagieren.«

»Joe, was zur Hölle ist los?«

»Ein Anwalt dieser besagten Kanzlei wird Anzeige erstatten; zunächst noch gegen Unbekannt – wegen der Verletzung der Impressumspflicht deines Blogs. Daraus können empfindliche Geldbußen in fünfstelliger Höhe sowie Unterlassungsansprüche hervorgehen. Insbesondere im Zuge der schleichenden Justizreform befürchte ich bedeutend Schlimmeres. Doch dazu mehr zur gegeben Zeit. Micha, heutzutage finden solche Menschen im Handumdrehen heraus, welcher Server deinen Blog bereitstellt. Und wissen sie erst einmal das, finden sie ebenfalls heraus, wer Prometheus und Jean Kommersant sind.«

»Nun mal ganz langsam.« Ich beginne zu flüstern. »Der Blog läuft über einen Double-VPN-Server. Meine und somit auch deine Daten werden zweimal verschlüsselt. Unsere IP-Adressen sind doppelt verschleiert.«

»Meinst du, das wüsste ich nicht? Glaubst du ernsthaft, ich hätte meinen Artikel auf einem Standard-Server veröffentlicht? Denk nach! Dein Blog ist noch immer im Clearnet zugänglich. Selbst das Deepnet kann unsere Daten nur zeitweise schützen. Der Blog darf nur übers Tor-Netzwerk zu erreichen sein. Wir müssen ins Darknet. Jetzt!«

Überfordert schaue ich auf mein Display, wo Joes Blog-Artikel geöffnet ist.

»Micha, bitte! Ich habe einen Fehler gemacht. Die Verlockung, möglichst viele Leser übers Clearnet zu erreichen, war zu groß. Doch die Zeiten haben sich nochmals verschlechtert. Es ist alles vorbereitet.«

»Wie alles vorbereitet?«

»Wir haben den Wechsel deines Blog ins Darknet schon initiiert. Ich bräuchte dazu nicht einmal deine Administrationsrechte. Dennoch möchte ich dich um dein Einverständnis bitten.«

»Wer ist denn *wir*? So etwas kannst du?«

Joe hält sein Handy hoch. »Nur ein kurzer Anruf.«

»Und die Daten gehen nicht verloren?«

»Ich versprech's dir. Es ist das Fort Knox der Datensicherheit und Anonymität.«

Ich nicke geschlagen. Joe nimmt augenblicklich sein Handy. Am anderen Ende meldet sich eine Frauenstimme. »Ausführung«, befiehlt Joe.

»Verstanden.«

Ich aktualisiere den Handybrowser. Mein Blog ist verschwunden. Erleichtert greift Joe zum Schnaps und steckt sich eine Kippe an.

Anstatt tiefer auf das eben Geschehene einzugehen, deutet Joe auf eine goldene Frakturschrift über dem Tresen. Die Jahrzehnte aus Rauch und Feuchtfröhlichkeit der Kneipenkultur haben den Schriftzug etwas verblassen lassen, doch noch immer ziert er deutlich genug die Wand. Einem scheinbar längst vergessenen Mahnmal gleich: *Fiat iustitia et pereat mundus.*

»Kennst du den lateinischen Ausspruch?«

Ich komme nicht auf Anhieb darauf. Joe deutet zunächst auf den Tresenschriftzug, dann auf die Getränkekarte, auf der »Kohlhaas« aufgedruckt ist.

»Die Kleist-Novelle. Natürlich!«, fällt es mir wie Schuppen von den Augen.

»Richtig! Der Kampf Michael Kohlhaas' gegen die Obrigkeit eines absolutistischen Staates.«

Ich vergegenwärtige mein großes Latinum und bastle in Gedanken an der deutschen Übersetzung. »Fiat iustitia et pereat mundus. Lass die Gerechtigkeit und die Welt zugrunde gehen.«

»Nicht so wörtlich«, korrigiert mich Joe. »Es soll Gerechtigkeit geschehen, und gehe auch die Welt daran zugrunde! Der deutsche Philosoph Ernst Bloch nannte die Hauptfigur Michael Kohlhaas den ›Don Quijote rigoroser bürgerlicher Moralität‹.«

»Der Bloch, der ›Das Prinzip Verantwortung‹ verfasste?«

»Eben der. Verantwortung, Micha. Wer möchtest du sein? Jemand, der Verantwortung wie Michael Kohlhaas übernimmt? Jemand, der gegen ein absolutistisches System für Gerechtigkeit kämpft? Oder möchtest du weiterhin der kleine Redaktionsangestellte sein, der diesem faschistoiden Absolutismus als Sprachrohr dient?«

Ich hole tief Luft. Meine Finger bewegen sich langsam auf mein Schnapsglas zu. Ich trinke es in einem Zug. Atme ruhig aus. Stelle es umgedreht auf die Getränkekarte und deute auf ihren Schriftzug: Kohlhaas.

Zufrieden lehnt sich Joe zurück. »Halte dir den morgigen Abend frei.«

»Wieso?«

»Nachdem du bei der Norddeutschen Zeitung gekündigt hast, stelle ich dir Samira vor.«

8

»Guten Morgen, Herr Rebesky. Warum so gestresst?«

»Warum sollte ich gestresst sein, Iris?«

»Die mir übertragenen Blutdruckwerte sind auffällig. Ihr systolischer Wert liegt bei einhundertsechsundvierzig und ihr diastolischer bei dreiundneunzig. Einer Hypertonie ersten Grades entsprechend.«

»Ich bin lediglich etwas aufgeregt. Bloß eine wichtige Präsentation wegen des Leitartikels zur Hebung der deutschen Geburtenraten.«

Die Fahrstuhltür schließt sich. Anstatt anzufahren, klebt der Fahrstuhlkorb im Erdgeschoss.

»Davon ist mir nichts bekannt.«

»Ich habe das Wochenende zu Hause durchgearbeitet und will es spontan Herrn Größinger präsentieren.«

Der Fahrstuhl rührt sich nicht.

»Herr Größinger ist heute nicht im Hause. Darf ich Sie alternativ zur Diagnostik zum Betriebsarzt fahren?«

»Nein, vielen Dank, Iris.« Ich starre, äußerlich gelassen, aufs Display und warte auf das Aufblinken des Ressorts Politik.

»Überspielen Sie mir gerne Ihr Material für Herrn Größinger über meine USB-Schnittstelle. Ich leite ihre Arbeit gerne weiter.«

»Danke, Iris, doch das ist nicht notwendig. Das möchte ich gerne persönlich mit ihm durchsprechen.«

»Einhundertvierundfünfzig zu sechsundneunzig.« Die Kabine des Lifts scheint zu schrumpfen. Meine Handinnenflächen werden feucht. »Hyperhidrose und Hypertonie können auf emotionalen Stress hinweisen«, diagnostiziert Iris. Ich verspüre den tiefen Drang, die

Türen der Fahrstuhlkabine aufzureißen, um einmal laut zu schreien. Um meinen Puls zu stabilisieren, halte ich mir abwechselnd ein Nasenloch zu. Ich atme durch das eine Nasenloch ein, halte die Luft an, und atme durch das andere tief aus. Ein letzter diplomatischer Versuch.

»Ich danke dir, Iris, dass du mir den Weg zu Herrn Größingers Büro erspart hast. Aufgrund meines erhöhten Blutdruckes ist es sicher besser, wenn ich mich heute etwas schone. Morgen kann ich dann frisch gestarkt wieder mit der Arbeit beginnen.«

Ich quäle mir ein zuversichtliches Lächeln für die blinkende Fahrstuhlkamera ab. Zähe drei Sekunden verstreichen. Die Lifttür öffnet sich. »Gute Besserung, Herr Rebesky.«

Ich stürze aus dem Fahrstuhl, wobei ich mich bremsen muss, um nicht zur erlösenden Drehtür des Foyers zu rennen. Endlich draußen angelangt, atme ich tief durch und greife in meinen Parka. Ich tippe eine Nachricht an Jule.

»Stehe gerade vor dem Verlag. Ich hab' was für die Personalabteilung. Komm' runter.« Ich möchte nur noch weg von diesem Ort. Ohne ein Wort der Erklärung überreiche ich Jule meine Kündigung.

Zu Hause angekommen, treffe ich wider Erwarten Flora. Sie liegt unter einer Wolldecke auf dem Sofa. Auf dem Tisch ein frisch aufgebrühter Tee. In der Hand ein Tablet. Sie deutet meinen fragenden Blick richtig. »Überstundenabbau. Und was ist deine Ausrede?«, grinst sie.

Mein diplomatisches Repertoire scheint ausgezehrt und so fällt mir ein plumpes »Habe gekündigt« aus dem Mund. Das ist kein Scherz. Sie spürt es. Flora steht förmlich der Mund offen. Sie lässt ihr Tablet sinken. Kein Wort. Flora ist ein ausgeglichener Mensch, doch wenn sie einmal verärgert ist, dann kann es laut werden. Bei all ihrer akademischen Rationalität verfügt sie über ein enormes Temperament. Stattdessen: Schweigen. Schweigen ist schlimmer als ein Wutausbruch. Wesentlich schlimmer. Einem zaghaften Versuch, ihre Schulter zu berühren, weicht sie aus. Vorsichtig setze ich mich neben sie. Sie würdigt mich keines Blickes. Nur ein falsches Wort, bloß eine ungeschickte Geste könnte zur Eskalation führen.

»Ja, ich hätte meine Kündigung mit dir abstimmen sollen.«

Sie starrt auf ihr Tablet, kneift die Lippen zusammen und nickt apathisch.

»Ich bin so schrecklich unzufrieden bei der Zeitung. Mehrfach habe ich es dir angedeutet.«

»Ist das alles, was du zu deiner Verteidigung zu sagen hast?« Unnahbar weist sie auf die Tabellen ihres Kalkulationsprogramms. Vor mir leuchten ihre Berechnungen für die möglichen Tilgungsraten unseres Immobilienkredits. Es ist ein Streitgespräch, wo die Gewinnerin bereits vor dem Kampf feststeht. Für mich geht es gerade darum, nicht gleich in der ersten Runde k. o. zu gehen. Ich berichte ihr ausführlich von der Unterredung mit Joe. Über mein inneres Zerwürfnis zwischen Moral und Wirklichkeit. Die frei gewählte

Arbeitslosigkeit trotz Darlehensrückzahlung. Dass ich die Wahl intuitiv unlängst getroffen habe und Joe meinen inneren Konflikt lediglich zutage gefördert hat. Auf etwas Verständnis hoffend, greife ich zaghaft nach ihren Händen.

»Du bist ein dummer Mann, Micha Rebesky. Weißt du das eigentlich?«

Ich nicke. Meine Augen werden glasig und eine Träne löst sich.

»Lágrimas masculinas[5].« Sie zieht mich zu sich heran und küsst meine Wange. Ein verstecktes Lächeln umspielt ihre Mundwinkel. »Gemeinsam werden wir das schon schaukeln.«

Eine unerträglich schwere Last fällt von meinen Schultern. Flora zieht ein reichverziertes Holzkästchen unter dem Tisch hervor. Sie klappt es vorsichtig auf: Lange Blättchen, Filter und Tabak nebst Feuerzeug sowie Grinder samt Purple Haze. Während Flora den Joint sorgfältig zu einem Trichter formt, sprechen wir kein Wort. Sie dreht ihr konisches Kunstwerk zwischen Daumen und Zeigefinger. Mit der freien Hand entzündet sie die rotierende Spitze, um ein gleichmäßiges Abbrennen zu erzielen. Den ersten Zug genießt sie mit geschlossenen Augen. Kuschelnd inhalieren wir abwechselnd das zitrusartig-würzige Aroma und blasen den Rauch zur Zimmerdecke. Die entspannende Wirkung des THC löst unseren Streit buchstäblich in Rauch auf, sodass ihr Misstrauen

[5] männliche Tränen (spanisch)

gegenüber Joe vorerst unausgesprochen bleibt. Flora kommuniziert heikle Themen ohnehin eher feinfühlig auf nonverbaler Ebene. Über Mimik und Gestik. Kleine Berührungen. Gerade streichelt sie liebevoll die Innenseite meines Unterarms, als sie mir von einer Dienstreise mit Professor Schwarzbach berichtet; ein Ärztekongress am morgigen Wochenende im Berliner Messezentrum. Ausgeglichen und voller Zuversicht erzählt sie mir von ihrer Einladung. Sie erfolgt von niemand Geringerem als dem deutschen Gesundheitsminister. Mitgastgeber ist das *All India Institute of Medical Sciences*. Flora und ihr Chefarzt hoffen auf einen Durchbruch bei den Verhandlungen, um die dringend benötigten Anthrax-Impfstoffe. Diese Hoffnung teilt sie mit gut neunundsechzig Millionen Bundesbürgern.

9

Joe schickt mir seine GPS-Daten, die mich zu einem Lagerhaus im Moldauhafen führen. Vor einem zu einer Bar umgebauten Schiffscontainer mit der Aufschrift »Hamburg Süd« soll ich auf ihn warten. Das Lagerhaus wirkt wie ein Relikt aus vergangen Zeiten. Eine Art architektonischer Widerspruch zu dem hochmodernen Viertel, das hier aus dem Boden gestampft wurde. Der Wind pfeift um die drei gut hundert Meter hohen Monolithen aus Glas und Stahl, die das Hafenbecken rahmen. Gegenüber öffnet sich schwerfällig ein Metalltor. Joe blickt sich zweimal um, dann winkt er mich hinein. In der leeren Lagerhalle bleiben wir vor einer Brandschutztür stehen. Er holt sein Handy aus der Tasche, drückt ein paar Tasten und wartet. Ein Riegel löst sich – die Tür ist offen. Im dahinter liegendem Raum steht, vielmehr erscheint, Samira. Ein breites, fast diabolisches Grinsen. Vielleicht Anfang dreißig. Spanisch-arabischer Typ. Schwer zu schätzen. Ihr attraktives Äußeres wird lediglich von ihrem knappen Outfit übertroffen. Eine Erscheinung, die nach Salsa und Daiquiri schreit, anstatt nach – ja, was eigentlich? Noch bevor ich den Gedanken weiterspinnen kann, stellt Joe mich als »Der Neue« vor.

»Freut mich sehr!«, frohlockt Samira.

Umarmung, Küsschen links, Küsschen rechts. Eine Hand, die mich hineinzieht. Der Raum selbst ist nicht größer als ein Klassenzimmer, nur ohne Fenster. In der oberen Ecke der Wand blinkt das rote Lämpchen einer Überwachungskamera. Unzählige Kabel, Monitore und Server scheinen chaotisch angeordnet um eine hölzerne Kabeltrommel, die als provisorischer Tisch fungiert. Auf einfachen Metallkisten setzen wir uns um die Kabeltrommel.

»Micha hat gekündigt!«, verkündet Joe.

Samira schreit freudig auf, worauf Joe aus seinem Rucksack eine Flasche Crémant samt Plastikgläsern zieht. Spontan greift Samira nach der Flasche und knallt den Korken gegen die Wand. Sämtliche Wände sind sowohl mit Schalldämmplatten als auch mit einer durchgehenden Glasscheibe verkleidet.

»Der Raum ist natürlich schalldicht. Das spiegelnde Acrylglas verhindert, dass mögliche Wärmesuchkameras uns aufspüren. Wegen der vielen Server«, erklärt Joe.

Den ersten Schluck trinkt Samira direkt aus der Flasche und reicht sie zu mir rüber. Weniger enthusiastisch nippe ich ebenfalls. Meine überrumpelt-fragenden Augen suchen Joe, der sich anschickt, unsere Gläser zu füllen. Sofort übernimmt Samira die Gesprächsführung.

»Dein Blog ist jetzt bei uns in sicheren Händen. Die Adminrechte haben nur wir drei. Ist doch okay, oder?!« Sie streichelt über die stahlverkleideten Serverschränke und zitiert frei aus George Orwells *Neunzehnhundertvierundachtzig*.

»Diese Schätzchen gewähren uns weiterhin die Freiheit zu sagen, dass zwei plus zwei gleich vier ist. Auch wenn alle anderen Medien uns gebetsmühlenartig einreden, das Ergebnis sei drei oder fünf.«

»Und hoffentlich ist diese digitale Freiheit so sicher wie Fort Knox«, wiederhole ich Joes Worte.

»Eine einhundertprozentige Sicherheitsgarantie auf Anonymität gibt es selbst im Darknet nicht. Es ist jedoch wesentlich aufwendiger als im Clear- oder Deepnet, die Nutzer zu dechiffrieren. Solche Methoden basieren teils auf der Analyse von Charakteristiken der Datenverbindungen – etwa bestimmter Zeitmuster. Kann dasselbe Muster einer Verbindung am Eintritts- oder Ausgangsknoten im Tor-Netzwerk beobachtet werden, lässt sich darüber möglicherweise feststellen, wer Sender beziehungsweise Empfänger bestimmter Daten ist. Kurz: Erlangt der Sicherheitsapparat der FNE Kontrolle über solche Tor-Knoten, könnten sie die Anonymität von Verbindungen aushebeln.«

»Das habe ich, ehrlich gesagt, nicht ganz verstanden.«

»Musst du ja nicht. Dafür bin ich da. Und ich sorge dafür, dass niemand unseren gordischen Knoten zu lösen vermag.«

Ich nicke. Was bleibt mir anderes übrig?

»Großartig, Micha. Ich habe ohnehin schon einen neuen Beitrag hochgeladen. Von einem befreundeten Journalisten aus Berlin. Er befasst sich mit dem geplanten Anreizsystem zur Steigerung der deutschen Geburtenrate. Fünftausend Euro Begrüßungsgeld für jedes Erstgeborene und zinsfreie Kredite für jedes Zweitgeborene. Ab dem dritten Kind das Recht auf eine staatlich finanzierte Wohnung. Ab dem vierten Kind soll das Mutterkreuz wieder verliehen werden. In Bronze, Silber und Gold – das volle Naziprogramm. Unglaublich, oder?«

Abermaliges Nicken meinerseits.

»Und im Gegenzug passiert was?!« Gerade versuche ich zu antworten, da legt sie nochmals los: »Richtig, Forschungsgelder für Geschlechtergerechtigkeit werden gestrichen.« Sie imitiert einen Filzstift. »Gleichstellungsbeauftragte? Gestrichen. Frauenquote? Gestrichen. Gender-Studies? Gestrichen.«

Kurze Pause. Sie holt tatsächlich mal Luft. Ich greife zu meinem Glas.

»Ja, unsere Zeitung wird in der kommenden Wochenendausgabe darüber berichten. Ich meine die Norddeutsche Zeitung. Nicht meine Zeitung.«

»Was Samira dir in ihrer leidenschaftlichen Art und Weise an einem Beispiel verdeutlichen möchte: Wie du ja weißt, verändert sich unser Land, seit die FNE an der Macht ist, radikal. In allen Bereichen von der Justiz über die Medien bis zum Gesundheitssystem. Wir sind eine Zelle, ein Netzwerk, das diesen Prozess bekämpfen möchte. Noch sind wir wenige. Qualität über Quantität. In diesem Sinne vermögen wir es inzwischen, kleine Nadelstiche zu setzen.«

»Der stechende Floh auf dem Rücken des vaterländischen Löwen«, ergänzt Samira.

»Ist aus einem kenianischen Sprichwort: Ein Floh kann einem Löwen mehr zu schaffen machen als ein Löwe einem Floh. Samira ist in Tanger geboren, hat aber in Nairobi Informatik studiert und in Berlin über Cyber Security promoviert.«

»Durchaus nützlich. So langsam beginne ich zu verstehen«, entgegne ich. »Also, wir sind das störende

Steinchen in der deutschen Mechanik. Richtig platziert, kommt nicht nur das blockierte Zahnrad zum Stillstand, sondern im besten Fall die gesamte Maschinerie.«

Samira und Joe quittieren meinen Vergleich mit einem zustimmenden Blickwechsel.

»Gibt es eigentlich einen Namen für unsere Organisation?«

»Gute Frage. Darüber haben wir uns noch keinerlei tiefergehende Gedanken gemacht«, stellt Joe fest. »Samira, was heißt denn beispielsweise ›Steinchen‹ auf Suaheli?«

»Da muss ich kurz überlegen. Nicht alle sprechen Suaheli in Kenia. Viele meiner Kommilitonen in Nairobi haben Kikuyu gesprochen. Stein würde ich mit *Jiwe* übersetzen. Das ist aber ein größerer Stein. Ein Kieselstein oder eben ein ›störendes Steinchen‹ im Schuh nannten meine Freunde *Mawe*.«

»Mawe«, frohlockt Joe. Wir stoßen an. »Auf die Mawe!«

Mit jedem Schluck Crémant fabulieren wir immer enthusiastischer über die Möglichkeiten von Aufklärung bis Sabotage. Wir öffnen bereits die vierte Flasche, als Joe abwinkt. Er müsse los, zu einem Kongress nach Berlin.

»Aber wir zwei Hübschen gehen jetzt erstmal so richtig deine Kündigung im *Rabbit Hole* feiern. Deine Abkehr von der dunklen Seite der Macht«, lacht Samira.

»Ja, unbedingt. Möge die Macht mit uns sein!«

Etwas zu heftig klopfe ich an die regenbenetzte Fahrertür. »Frei? Sind Sie noch frei?«

»Keine Alkohol!« Der Taxifahrer deutet auf die halbvolle Crémant-Flasche in Samiras Hand und winkt entschieden ab. Er zieht seine Schiebermütze in sein sonnengegerbtes Gesicht und streicht über seinen graumelierten Schnauzbart. Samira grinst, holt einmal tief Luft und versucht, den Rest der Flasche zu exen. Was ihr eindrucksvoll misslingt. Der roséfarbene Schaumwein sprudelt ihr übers Kinn ins Dekolleté. Sie prustet vor Lachen und reicht mir die klebrige Flasche. Ich nehme einen Schluck, setze sie auf dem Bordstein ab und öffne die Beifahrertür.

»Hinten sitzen, bitte«, schallt es durch die persischen Rhythmen des Autoradios.

»Oh ja, Tschuldigung.« Mit großem Pathos öffne ich Samira die hintere Wagentür, setze mich neben sie und knalle die Tür zu, wofür ich einen bösen Blick durch den Rückspiegel ernte. »Tschuldigung, stimmt, war wohl zu dolle.« Leicht debil grinse ich Samira an und wir beide schlucken mühselig unseren aufkeimenden Lacher herunter. Samira legt den Zeigefinger auf ihre pinkgeschminkten Lippen. »Pssst, schön brav jetzt, kleiner Micha.«

Erwartungsvoll blickt uns der Taxifahrer an.

»Geht's gut? Also, geht Ihnen gut?«, lalle ich.

Der Fahrer reagiert nicht.

»Also mir geht's gut. Geht's dir auch gut, Samira?«

»Ja. Richtig gut.«

»Na dann geht's uns ja allen richtig gut.«

»Wohin, bitte?«

»Richtig. In den Kaninchenbau!« Ich deute mit meinem Arm wie ein Feldmarschall zur Schlacht in die Richtung des Feindes vor dem Großangriff. Samira schüttelt mit dem Kopf.

»Rebitthohl, meinter!« Und korrigiert sich gleich darauf selbst, »Ich mein': ins Rabbit Hole! Der Elektroklub. Da unten. Am Oberhafen. Se' wissen schon.«

Der Fahrer nickt genervt und drückt aufs Gas.

»Hab' ich richtig gut gemacht, oder!?«

»Ja, hast du richtig, richtig gut gemacht.«

Zufrieden lassen wir uns auf die Rückbank sinken. Nach kurzer Fahrt nestelt Samira in ihrer Handtasche und zieht einen Schminkspiegel hervor. Sie öffnet ein braunes Dosierfläschchen und streut mithilfe eines winzigen Teleskoplöffels ein feines weißes Pulver auf die Spiegeloberfläche. Mit einem goldenen Ziehröhrchen verschwindet sie hinter dem Lammfellimitat des Fahrersitzes. Sie schließt die Augen und reibt sich die Nasenflügel. Ohne zu mir rüberzusehen, schiebt sie mir den Spiegel und das Fläschchen zu. Damit der Fahrer nichts mitbekommt, imitiert mein Mund das Wort »Koks«, wobei ich sie fragend anschaue.

»Nee, Pep«, näselt Samira zurück.

Ich krame einen Zehn-Euro-Schein aus meinem Portemonnaie und beginne ihn zu rollen.

»Was machst du da?«, zischt sie mich an, um plötzlich merklich klar fortzufahren. »Du weißt schon, dass auf Geldscheinen jede Menge Keime und Bakterien sind, oder? Insbesondere auf den Zehnern!« Sie deutet auf meinen gedrehten Geldschein. »Da sind zinnorganische Verbindungen drauf: Tributylzinn, Mono- und Dibutylzinn. Diese Stoffe sind giftig und können dein Immun- und Hormonsystem schädigen.«

Ich bin überrascht. Weniger darüber, dass sie Amphetamine anscheinend nicht als gesundheitsgefährdend einstuft, sondern über ihre tadellose Aussprache. Gerade hatte ich gewisse Schwierigkeiten, das Wort Kaninchenbau fehlerfrei auszusprechen und sie erzählt mir hier was von Tributylzinn. Wie dem auch sei. Sie reicht mir ihr Ziehröhrchen. »Bleibt ja in der Familie«, zwinkert sie mir zu. Ich sniffe zwei Lines Speed. Für jedes Nasenloch eine. Genau gleich viel. Fairness und Ausgewogenheit waren mir schon immer sehr wichtig.

Noch während ich den Fahrer bezahle, wummern die sphärischen Bässe des Klubs in das Innere des Wagens. Schwungvoll öffnen wir die Taxitüren, umarmen uns voller Vorfreude und stellen uns in die Warteschlange. Es sind kaum zehn Leute vor uns, doch kommt mir die Wartezeit ewig vor. Samira plappert auf mich ein: über das Line-up und wann sie welchen DJ in welcher Stadt erleben durfte, und dass Psy-Goa ja sowieso das Ultimative sei.

»Warum dauert das so lange?«, falle ich ihr ins Wort.

»Ja, echt mal.« Sie hüpft von einem Bein aufs andere und reibt ihre Nasenflügel. »Warst du mal in Marokko?«, fragt sie.

Die Frage fliegt an mir vorbei. Stattdessen antworte ich mit einer Gegenfrage. »Hast du die blau blinkende Grinsekatze gesehen, über dem Eingang? Wie die aus dem Film, weißt du. Wie heißt der noch? Ziemlich cool.«

»Alice im Wunderland, echt cool. Voll hell und so.« Wir tippeln nervös vor. Samira richtetet ihre Brüste. Sie trägt keinen BH, glaube ich. Schon wieder prüft sie ihren Ausschnitt. Vielleicht trägt sie ja doch einen. Ob ich sie fragen soll? Klar, warum nicht! Meine Gedanken werden vom Türsteher unterbrochen. Was für ein Koloss! Er passt hier so gar nicht hin. Alle sehen so glücklich und freundlich aus – und er schaut so grimmig. Warum mag der bloß so schlecht drauf sein?

»Macht zwanzig, pro Nase. Apropos. Alles okay bei euch?«

»Sicher, sicher. Bei uns ist alles tippitoppi!« Samira guckt mich belustigt an, als ich dem Hells-Angels-Verschnitt von Türsteher was von *tippitoppi* erzähle.

»Alles schick, wie immer, Tomek«.

»Ach, Sami, ich hab' dich gar nicht erkannt.« Küsschen links, Küsschen rechts. Wir sind drin.

Wir tauchen ein in die fluoreszierenden Nebelschwaden. Tanzende Schallwellen durchzucken unsere Körper. Die Beats per Minute regeln wie ein Metronom den Takt unseres Herzschlages. Salziger Schweiß tropft von der Betondecke. Alle tanzen ekstatisch, gemeinsam, doch letztlich jeder für sich. Sanft greife ich Samiras Hand und sie folgt mir in Richtung Bar im oberen Stockwerk. Der Barmann kaut unruhig auf einem Kaugummi, leckt über seine Zähne und fragt uns, was wir trinken wollen.

»Mate.«

»Mit?«

»Mit!« Wir trinken einen großen Schluck aus der Flasche und der Barmann füllt mit »Grasovka Vodka« auf.

»Chin-chin!«

»Besser Prost«, entgegne ich grinsend.

»Wieso?«

»*Chinchin* heißt *Penis* auf Japanisch.«

Sie hält sich die Hand vor den Mund, um den genommenen Schluck nicht wieder auszuprusten.

»Ich weiß – unnützes Wissen, aber glaub mir, jetzt, wo du's weißt, musst du, sobald dir wieder jemand *zuchinchint* unweigerlich an einen japanischen Penis denken.«

»Ich mag dich, Micha.« Nun ist es Samira, die meine Hand ergreift und mich auf die mit unzähligen Stickern und Tags verzierte Unisex-Toilette zieht. Alle Kabinen sind besetzt. Ich nutze die kurze Pause, um zu pinkeln. Ein kümmerlicher gelber Strahl trifft auf die im Pissoir schwimmenden Zigarettenstummel. Ich drehe mir eine Kippe und atme den beruhigenden Rauch ein. Wie ein Greifvogel nutzt Samira die Chance, als sich endlich eine Klotür öffnet und wir uns wie auf Kommando hineinzwängen. Sie schließt die Klotür, ich den Klodeckel. Es wirkt wie eingespielt. Wie bei einem Einbrecherpärchen.

»Bereit für die nächste Runde?« Samiras Frage ist rhetorischer Natur. Aus einem Zip-Beutel holt sie einen etwa kastaniengroßen Kristall. Ähnlich einem riesigen Kandiszuckerstück. Sie blickt mir tief in die Augen und greift unter ihren ledernen Minirock. Zum Vorschein kommt ein Pappbriefchen, in dem eine Rasierklinge eingebettet ist. Sie klemmt sich die Rasierklinge zwischen ihre pinkfarbenen Lippen. Ich wische mit meinem Ärmel über das Display meines Handys und lege es auf den gekachelten Vorsprung über dem Klo. Auf dem Handydisplay kratzt sie vom großen Kristall sorgsam mit der Klinge kleinere Kristalle. »Weißt du, wie hoch der MDMA-Gehalt in einer Pille hier im Laden ist?«

»Das weiß niemand, wohl nicht mal der Ticker selbst so genau.«

»Bing, bing, bing! Beides richtig. Zwischen zwanzig und zweihundert Milligramm schwankt der MDMA-Wert. Und ob und wenn, womit und wie viel es gestreckt ist, erfährst du ohnehin nicht.« Zur Verdeutlichung nimmt sie ihre Mate-Flasche in die Hand. »Ob du deinen gewünschten Mate mit einem Schuss hochwertigem Wodka bekommst oder eben gleich eine ganze gepanschte Wodkaflasche – niemand weiß es. Nach der Einnahme gibt's kein Zurück mehr: Entweder tanzt du über dem Boden oder liegst auf selbigem.« Während ihres Vortrags drückt sie mit ihrer Kreditkarte die noch gröberen Kristalle zu feinerem Pulver. »Voilà! Ein hochwertiger Wodka-Shot, ohne Extras. Der ideale Nährboden für dein persönliches *Tarab*.«

»Tarab?«

»In meiner arabischen Muttersprache bedeutet es so viel wie *musikalische Ekstase*; also einen Zustand, in dem die Musik dich in einem Gefühl des Glücks völlig erfüllt und mitreißt.«

»Wow, ein wirklich schönes Wort.«

Gemeinsam lecken wir kurz an unseren Zeigefingerspitzen und dippen wie Kinder in einem Süßwarenladen das kristalline Pulver. Ein kurzer Augenblick der Stille tritt ein; als ob die Bässe uns eine kurze Auszeit gestatten. Der Raum ist eng. Enger als zuvor. Samira tritt dennoch ein Schrittchen auf mich zu. Unsere Gesichter scheinen sich fast zu berühren, da reißt sie mit einem Mal die Klotür auf. Die elektronischen Klänge peitschen in unser Gesicht. Wieder tanzen wir für uns selbst, doch in regelmäßigen Abständen umarmen wir uns. Hier ein kleiner Kuss auf die Wange. Dort eine Hand auf dem Rücken des anderen. Zwei Finger, die sich berühren. Samira gleicht in diesem Moment einem Mond, der in seiner Umlaufbahn um meinen Planeten kreist. Zusammengehörig und dennoch an seine Rotation gebunden. Die Blitze des Stroboskops lassen Samiras Körper wie eine Abfolge stehender Bilder erscheinen.

Nicht nur meine Herzfrequenz, sondern auch meine Atmung scheint sich immer mehr den flirrenden Ton- und Lichtfolgen anzupassen. Als ein Lichtstrahl mein Gesicht trifft, halte ich reflexartig die Hand vor die Augen. Das Shirt klebt an meinem Körper. Meine Kiefer mahlen. Ich signalisiere Samira, dass ich das

Stockwerk wechseln muss. Im Bad angekommen, wasche ich meine Hände und schöpfe mir kaltes Wasser ins Gesicht. Die sauerstoffarme Luft ist von Cannabisrauch geschwängert. Über dem Waschbecken versuche ich, ruhig den harzig-krautigen Geruch einzuatmen. Als ich in den Spiegel aufblicke, starren mich zwei übergroße Pupillen an. Die pechschwarzen Kreise werden von Grün und Blau meiner Iris umrahmt. Ein volltätowierter Typ mit Iro drängt mich zur Seite, um ans Waschbecken zu kommen. Als sein Blick mich trifft, verharrt er kurz und fixiert meine Augen. Wortlos reicht er mir seinen Joint. Reflexartig ziehe ich einmal, doch mein Mund ist so trocken, dass ich husten muss. Ich stolpere durch die Menge zur Bar. Am Tresen wartet Samira auf mich. Als hätten wir uns abgesprochen. »Hey, du Traumtänzer! Siehst etwas blass aus. Alles okay?«

Ich nicke und recke überzeugend genug beide Daumen nach oben.

»Warte mal besser hier. Ich glaub', da hab' ich genau das Richtige für dich.« Sie streichelt liebevoll meinen Nacken und verschwindet. Ich bestelle zwei Cuba Libre und lasse mich auf die Couch neben der Bar fallen. Neben mir kauert ein hagerer Typ im Unterhemd. Keta-Endstadium. Einer, der es übertrieben hat oder übertreiben wollte.

Der Kopf zurückgelehnt. Die Arme offen von sich gestreckt, darauf wartend, dass sein entrückter Körper die letzte Salbung empfängt. In der einen Hand hält er eine fast leere Flasche Helles, in der anderen ein

Nasenspray. Seine Augen sind nicht ganz geschlossen. Gerade wische ich mit der Hand prüfend vor seinem Gesicht, als Samira zurückkommt und meinen Sitznachbar beäugt.

»K-Hole?«

Ich nicke. Wir lehnen uns zurück und stoßen auf die zukünftige Zusammenarbeit an. Ihre nussbraunen Augen strahlen. »Schön hier mit dir, Micha.«

»Ja, mit dir auch. Die Pause tut mir gerade echt gut.«

»Wenn ich einen Hänger habe, dann hilft mir da immer was anderes. Daher war ich auch grad' bei Tomek und – taaadaaaa! Er hat uns eine klitzekleine Dosis Acid besorgt!«, frohlockt Samira. Sie legt euphorisch ein durchsichtiges Plastiktütchen auf ihren nackten Oberschenkel. In dem Tütchen präsentiert sie mir den Blotter, eine etwa briefmarkengroße Pappe. Sie ist in sechs Quadrate unterteilt, die jeweils ein buntes Bildchen ziert. »Also, wir schmeißen uns jetzt nicht noch 'n Trip, nur 'ne Mikrodosierung. Höchstens zwanzig Milligramm LSD pro Blättchen. Also maximal dreißig oder vierzig. Hat Tomek gesagt!«, unterstreicht sie.

»Dein Hobby-Timothy Leary hat hoffentlich von Mikrogramm und nicht Milligramm gesprochen. Und sind auf so 'nem Päppchen nicht eher hundert, hundertfünfzig oder gar zweihundert Mikrogramm?«

»Hä, was? Ach ja, klar – Mikrogramm!«, lacht sie. »Aber schau mal, die süßen Bildchen. Voll passend zum Rabbit Hole.« Mit ihren gepflegten Fingernägeln deutet sie vorsichtig zunächst auf das Bild der Herzkönigin, anschließend auf den weißen Hasen, auf Alice, die Raupe, den Hutmacher und letztlich die Grinsekatze. Bevor ich antworte, fordert sie die Grinsekatze für sich ein. »Du kannst ja den Hutmacher nehmen! Biiitte!« Sie beißt sich kindisch auf die Unterlippe und spielt mit ihren schwarzen Locken. Ihren freudestrahlenden Kulleraugen kann ich nicht widerstehen. Kaum bevor ich so etwas wie »Ach was soll's!« antworte, badet der Hutmacher bereits auf meiner Zunge. Arm in Arm verlieren wir das Zeitgefühl. Mein Cuba Libre füllt sich von selbst. Allmählich beginnt eine Serotonin-Welle durch meinen Körper zu rauschen. Erst ganz seicht, dann aufbrausender. Ich kann sie nicht nur spüren, ich kann sie hören. Die Worte aus Samiras Mund beginnen nach Anis und Jasmin zu schmecken. Durch das Barfenster schlängeln sich kaleidoskopartige Lichter, die mich mit Wärme ummanteln. Ich freue mich über diese Wärme, da ich am ganzen Körper zittere. Der Cuba Libre zerschmilzt in meiner Hand. Haut, Glas und Drink werden eins. Meine Hand klebt an meinem Glas. Die braune Flüssigkeit umschließt meine Handoberfläche. Ich versuche daran zu riechen, finde meine Nase aber nicht. Stattdessen spüre ich Eiskristalle auf meiner Stirn. Sie klirren wie zerbrochenes Glas, doch kann ich sie nicht wegwischen. Nur mit Mühe kann ich aufstehen. Zumindest glaube ich, dass ich stehe, denn der schlammige Fußboden ist schrecklich weit weg. Wo ist Samira? Ich taumle. Schnell greife ich nach einem Lichtstrahl, um mich festzuhalten. Etwas Hartes trifft meinen Kopf. Schlagartig wird mir schwarz vor Augen.

Ich erwache auf einem Sofa. Mein Gehirn schmerzt von dem zerebralen Kampf meiner Amygdala[6] über den präfrontalen Cortex[7]. Getrocknetes Blut an meinen Händen. Schemenhaft erkenne ich Samira. Es ist wohl ihr Sofa. Wie komme ich hierher? Ihre Wohnung ist so künstlich. Oder künstlerisch? Wie in einem Hundertwasser-Haus. Unebene Fassaden. Ungleichförmige Fenster. Nirgends gerade oder starre Linien. Gleich einem Salvador-Dalí-Gemälde schmilzt die goldene Uhr an der Wand. Sämtliche Gegenstände in ihrem Wohnzimmer entwickeln ein Eigenleben. Panta rhei – alles fließt. Überall ist Bewegung. Sie reicht mir ein Glas Wasser. Nein, nur kein Glas! Es wird sicher abermals mit meiner Hand verschmelzen. Sie deutet auf eine Medikamentenverpackung. Ihr Mund öffnet und schließt sich, doch ihre Worte dringen kaum zu mir durch. Wie auch, wenn der Kühlschrank so laut surrt und die Dalí-Uhr tickt, als wenn ihr Leben davon abhinge. Diazepam – die Buchstaben auf der Verpackung beginnen zu tanzen. Erst nur das D, dann das P und nun das M. Sie hüpfen lustig auf und ab, um sich schließlich paarweise im Kreis zu drehen. Ich mag die Buchstaben. Sie wirken so verspielt und beruhigend. Ich spüre Samiras warme

[6] Teil des limbischen Systems, welches primär Emotionen verarbeitet.
[7] Region des Gehirns, die das rationale Denken steuert.

Hand auf meiner Schulter. Für diesen kurzen Moment sind wir eins. Dann wird es dunkel.

10

Ein Messer steckt in meiner Kopfschlagader. Mein brennender Kehlkopf vegetiert in einer Salzwüste. Zumindest fühlt es sich so an. Nur mit großer Mühe raffe ich mich vom Sofa auf. Meine geschwollenen Augenlider fixieren Samiras Wohnzimmer. Der psychedelische Tanz des Mobiliars weicht einer pastellfarbenen Ordnung aus rechten Winkeln. Auf einem Beistelltisch liegen ein Notizblock sowie ein Handtuch und eine Sonnenbrille; daneben ein großes Glas Wasser und eine Kopfschmerztablette zum Auflösen nebst Elektrolytmischung. Ich kippe beides ins Glas und beobachte schlaftrunken, wie die beiden Medikamente sich im Spiel des Wassers auflösen. Nachdem ich es geleert habe, greife ich teilnahmslos zu dem beschriebenen Notizblock. Ich kann es aufgrund des abgedunkelten Zimmers kaum lesen. Etwas zu abrupt reiße ich die blickdichten Gardinen auf, wodurch brennende Sonnenstrahlen meine Pupillen treffen. Licht tut weh. Ich verziehe mein Gesicht. Ich halte den Block ins Sonnenlicht. Es ist eine Nachricht von Samira samt Handynummer. Ich möge ihr doch mitteilen, wie es mir geht, und solle einfach die Tür hinter mir zuziehen. Sie sei in Berlin auf einer Demonstration. Ich schüttle mit dem Kopf. Unglaublich. Das Letzte, wirklich das Allerletzte, worauf ich heute Lust hätte, wäre eine überfüllte Zugfahrt in die Hauptstadt, um mich in eine lauthals skandierende Menschenmasse einzureihen. Ich speichere ihre Nummer und bedanke mich bei ihr für den schönen Abend und die heutige Starthilfe. Mehrere Nachrichten von Flora ploppen auf, die von ihrem Ärztekongress berichten. Später. Erst einmal trotte ich mit dem Handtuch ins Badezimmer. Nach dem Duschen schlüpfe ich notgedrungen in meine von Rauch, Alkohol und Schweiß durchtränkten Klamotten, setze die Sonnenbrille auf und schließe die Wohnungstür.

Zu Hause angekommen, koche ich mir einen Brennnesseltee mit Honig und genieße auf der Couch die Klänge von *Georges Bizet.* Eingekuschelt unter einer Strickdecke drehe ich die Lautstärke beim Refrain von *Je crois entendre encore* auf und summe mit geschlossenen Augen mit.

Ô nuit enchanteresse
Divin ravissement
Ô souvenir charmant
Folle ivresse, doux rêve

Nachdem die Schallplatte mit einem leisen Knacken verstummt, öffne ich meine Augen und lese Floras Nachrichten. Es gäbe wohl eine Lösung für die Impfstoffe, »jedoch zu einem hohen Preis«. Ob dieser Preis finanzieller oder moralischer Natur ist, erwähnt sie nicht. Sie komme morgen Abend zurück, dann erfahre ich mehr. Ich freue mich auf Flora, gleichwohl muss ich zugeben, dass ich erleichtert bin, den heutigen Samstag lediglich mit Detoxen und Dösen, statt mit tiefgründigen Gesprächen verbringen zu dürfen.

Nach gut zehn Stunden Schlaf und einem ausgiebigen Frühstück sind meine Batterien aufgeladen.

Über ein global verzweigtes Servernetzwerk navigiere ich mich mittels einer kryptischen Darknet-Adresse in meinen Blog. Vermutlich sollte ich nunmehr von *unserem* Blog sprechen. Den letzten Blog-Artikel von Samiras Bekanntem habe schließlich nicht ich hochgeladen. Er befasst sich mit diversen finanziellen Anreizsystemen zur Steigerung der deutschen Geburtenrate und den damit einhergehenden Kürzungen im Bereich der Gleichstellung. Insbesondere stellt der Artikel die »neue Rolle der deutschen Mutter« in den Mittelpunkt. Der Verfasser kritisiert die forcierte Förderung der klassischen Mutterrolle durch ein erhöhtes Betreuungsgeld, um die Kinder nicht mehr in die Kita geben zu müssen. Schwangerschaftsabbrüche werden künftig nach Paragraf 218 des Strafgesetzbuches wieder strafrechtlich verfolgt. Ärzte, die Frauen dahingehend beraten, werden als »zersetzend« eingestuft und verlieren ihre ärztliche Approbation. Da sich statistisch immer mehr Frauen über ihre Ansprüche nach dem allgemeinen Gleichbehandlungsgesetz informieren, wurden der Antidiskriminierungsstelle von der FNE drastisch die Mittel gekürzt, sodass sie faktisch nur noch auf dem Papier existiert. Unter diesem vor Kritik überquellenden Artikel hätte Jule wohl liebend gerne ihren Namen in Großbuchstaben gesetzt. Am Ende verweist der Autor auf den »Marsch für das Leben«, der am gestrigen Samstag stattgefunden haben soll. Eine von der Familienministerin initiierte Großdemonstration gegen die Abtreibung. Die Route war ebenso prominent wie symbolträchtig gewählt worden. Sie startete vor dem Brandenburger Tor und führte über die Straße des 17. Juni bis zur Siegessäule, am Schloss Bellevue vorbei, entlang des Spreeufers Richtung Bundestag und Reichstag. Die Demo endete vor dem Charité-Krankenhaus.

Ich ärgere mich über mich selbst. Das ging gestern alles an meinem Kater und mir vorbei. Der Artikel endet mit einem Aufruf zu einer Gegendemonstration vor der Humboldt-Universität. Genauer gesagt auf dem geschichtsträchtigen Bebelplatz, dem Platz der Bücherverbrennung der Nationalsozialisten. Angemeldet sei diese Gegendemo jedoch nicht. Das Versammlungsrecht sei mal wieder aufgrund der »Gefahr für die öffentliche Sicherheit und Ordnung« außer Kraft gesetzt worden. Mir wird schlagartig bewusst, auf welche Demo Samira gefahren ist. Während der Marsch fürs Leben auf sämtlichen Staatsfernsehsendern und Nachrichtenkanälen live und großspurig übertragen wurde, finde ich im Clearnet nur wenige Kurzberichte über die illegale Gegendemonstration »weniger Randalierer«. Eher einer Fußnote gleich.

Unter unserem Blog-Artikel hingegen sind deren Bilder zu sehen. Samira oder Joe muss hier eine Art Mediaboard installiert haben, wo Darknet-User ihre *end-to-end*-codierten Videos der Gegendemo hochladen konnten. Wahrlich keine schönen Aufnahmen, wie ich feststellen muss. Sprechchöre wurden von behelmten Polizisten niedergeknüppelt. Eine junge Frau hält ein Protestschild in die Handykamera: *Mein*

Körper. Meine Entscheidung. Ohne sich zu wehren, wird die Frau von uniformierten Beamten zu Fall gebracht und ihr Gesicht auf das Kopfsteinpflaster gedrückt. Mit Kabelbindern gefesselt, verschwindet sie, wie so viele, im Mannschaftswagen der Staatsmacht. Ein Polizist zerbricht ihr Schild in zwei Teile. Breit grinsend präsentiert er seinen Kollegen wie eine Trophäe die verkürzte Botschaft: Meine Entscheidung.

Am Abend dreht sich ein Schlüssel in der Wohnungstür. Flora ist zurück. Aufgeregt schiebt sie ihren Rollkoffer in die Ecke, schlüpft aus ihren Stiefeln und wirft ihren Mantel über die Anrichte. Sie hat viel zu erzählen. Das spüre ich. Und nach einer kurzen Begrüßung bricht es aus ihr heraus.

»Eine sehr gute und viele schlechte Nachrichten. Welche zuerst?«

Ich zucke mit den Schultern. Ist ja auch egal.

»Wir haben die BioThraxPro-Impfstoffe! Die Kollegen vom *All India Institute of Medical Sciences* liefern uns ihre Restbestände von sechzig Millionen Dosen – noch in diesem Monat! Sie würden zwar ohnehin bald ablaufen, dennoch haben sie ihre Lieferung mit erheblichen Forderungen verbunden.«

»Jetzt kommen wohl die vielen schlechten Nachrichten.«

Flora nickt. »Natürlich waren die Chinesen mit von der Partie.«

»Bitte der Reihe nach. Ich dachte, es war ein deutsch-indischer Ärztekongress?«

»Offiziell schon. Gefühlt trug jeder zweite Teilnehmer eine militärische Uniform.«

Mir schwant Böses.

»Vereinfacht gesagt, liefert Deutschland Waffen an Indien und bekommt dafür die Anthrax-Impfstoffe.«

»Und die ganze Wahrheit?«

»Die deutschen Waffenlieferungen sind für paramilitärische Verbände in der Kaschmir-Region.«

»Aber das Kriegswaffenkontrollgesetz verbietet doch Rüstungsexporte, die aktiv zu Kampfhandlungen beitragen.« Kaum habe ich es ausgesprochen, muss ich fast über mich selbst lachen. »Entschuldige, wie naiv von mir. Wie umgeht die Bundesregierung es dieses Mal?«

»Es handelt sich um das *Holistic-Robotic*-Förderungsprogramm der FNE. In dieses Programm fallen unter anderem die Roboterarme zur Thrombosevorbeugung, von denen ich dir erzählt habe. Die damit einhergehende Forschung konzentriert sich allerdings nicht nur auf zivile oder medizinische Zwecke, sondern beinhaltet ein *Combat Robotic Program.* Die Inder sind äußerst interessiert an einem gewissen *Modular Advanced Rescue Robotic System.*«

»Wie nun: *Combat* oder *Rescue*? Sind das autonome Kampfroboter oder unterstützen die rollenden Blechhaufen lediglich die Bergung von Verletzten.«

»Genau das ist der springende Punkt. Um die Kontrollmechanismen der *Vereinten Nationen* und der *Organisation für Sicherheit und Zusammenarbeit in*

Europa zu umgehen, liefert Deutschland offiziell keine Kampfroboter, sondern Rettungsroboter, die bisher nur von deutschen Gebirgsjägern zur Bergung im alpinen Gelände getestet wurden. Es sind solarbetriebene Roboter mit acht Teleskopbeinen, deren bewegliche Gelenke ideal für unebenes Terrain sind. Diese spinnengleichen Hightech-Einheiten verfügen über eine modulare Plattform, auf der auch Waffensysteme justiert werden könnten. Sollten sie mit etwaigen Waffengattungen ausgestattet werden, könnten sie problemlos über ihre autonome KI-Schwarmintelligenz als tödlicher Kampfverband agieren.«

»Das klingt grauenvoll. Lass mich raten – jetzt kommen die Chinesen ins Spiel?«

»Ganz genau. Es war unglaublich! Nachdem die Inder die Impfstofflieferungen zugesichert hatten, wurde nur noch über Waffentechnologien debattiert. Und das schien niemanden so recht zu echauffieren. Nicht einmal die anwesenden Nichtregierungsorganisationen übten Kritik. Sie dienten lediglich als moralisches Feigenblatt. Es waren nämlich keine unabhängigen NGOs sondern GO-NGOs, also *Government-operated non-governmental organizations*, die letztlich alles abnicken, was die jeweilige Parteiführung durchsetzen möchte. Nach der Bekanntgabe verschwand Professor Schwarzbach mit den indischen Kollegen in einen separaten Besprechungsraum und war nicht mehr gesehen. Es blieben nahezu ausschließlich Militärs auf ihren Stühlen sitzen. Ich kam mir vor wie in einem falschen Film.«

»Und was ist jetzt genau die Rolle der Chinesen?«

»Wie du weißt, geht ja kein globaler Deal mehr ohne chinesische Zustimmung. Also, Deutschland liefert zunächst nicht direkt nach Kaschmir, sondern ins zentralindische Madya Pradesh. Kurz: Rettungsroboter in ein neutrales Gebiet. Das *Modular* Advanced Rescue Robotic System ist, wie der Name schon sagt, modular aufgebaut. Teile können ausgetauscht und nach dem jeweiligen Gebrauch angepasst werden. Mithilfe chinesischer Militärtechnologie wird aus einem harmlosen Modular Advanced *Rescue* Robotic System ein schwer bewaffneter Kampfroboter: ein Modular Advanced *Armed* Robotic System.«

»Jetzt verstehe ich, was du in deiner Nachricht mit ›hohen Preis‹ meintest.«

»Ganz genau! Die Kampfroboter dienen zur Stärkung der Gebietsansprüche des hindu-nationalistischen Indiens über die gesamte Kashmir-Region. Genauer: Über große Teile. Denn China duldet die deutschen Robotertechnologie für Kaschmir nur, wenn die indischen Truppen gewährleisten, sich vornehmlich auf das pakistanisch besetzte Gilgit-Baltistan im Norden zu konzentrieren. Das haben die chinesischen Vertreter natürlich nicht wortwörtlich gesagt. Vielmehr mussten die indischen Militärs zusichern, das chinesisch kontrollierte Aksai Chin im östlichen Kaschmir vollumfänglich als chinesisches Staatsgebiet anzuerkennen.«

»Na dann haben ja alle gewonnen. Die Deutschen bekommen ihre Impfstoffe und steigern die Exporte.

China verdient kräftig mit und sichert ihre Gebiete. Indien erweitert unter dem Radar seinen Einflussbereich und kann sich weltweit als medizinischer Samariter aufspielen.«

»So in etwa. Die großen Verlierer sind die pakistanischen Hirten und Bauern sowie die ansässigen muslimischen Gemeinden. Aber davon wird in der Norddeutschen Zeitung nichts zu lesen sein. Die Vernetzung zwischen Medizin und Militär greift noch bedeutend tiefer, als ich je dachte. Die Inder möchten weltweit der führende Pharmaanbieter werden. Das ist kein Geheimnis. Um dieses Ziel mit aller Macht zu erreichen, werden sämtliche nationalen Sozialstandards oder Umweltauflagen gekippt. Östlich von der Pharma-Hochburg Hyderabad hat dies bereits zu einer gesellschaftlichen Katastrophe geführt.«

»Du meinst die dortigen Naturverschmutzungen?«

»Richtig. Die Pharmaindustrie benötigt wie fast alle Industrien viel Wasser, doch auf dem Subkontinent herrscht akuter Wassermangel. In Indien leben achtzehn Prozent der Weltbevölkerung, aber nur vier Prozent der weltweiten Süßwasserressourcen befinden sich dort. Dieses relative Ungleichgewicht wird durch klimawandelbedingte Trockenzeiten weiter verschärft. Von den wenigen Süßwassern sind gut achtzig Prozent mit Abwässern kontaminiert. Ich habe das auf dem Nachhauseweg recherchiert: Der Musi-Fluss in Hyderabad ist seit Jahren eine tickende Zeitbombe. Durch ungeklärte Abwässer gelangen giftige Chemikalien und Metalle in das Wasser. Fische und Pflanzen finden sich in der schaumigen Brühe schon lange nicht mehr. Es bilden sich multiresistente Erreger aufgrund der unzähligen Antibiotikarückstände.«

»Mit anderen Worten: Die Pharmaindustrie produziert mit ihren Abwässern ihre Dauerkunden von morgen.«

»Traurig, aber wahr. Und was machst du, wenn du in deinem eigenen Land kein frisches Wasser mehr hast? Du klaust es jemand anderem! Der Gilgit-Fluss in der gleichnamigen pakistanischen Stadt im Kaschmir entspringt am Shandur-See auf einer Gebirgshochebene. Er ist noch relativ sauber. Meine Vermutung ist, dass das indische Militär mittelfristig mithilfe der deutsch-chinesischen Kampfroboter dieses Wasser für sich beanspruchen will, um dort im großen Stil ihre Pharmaindustrie neu aufzubauen. Doch das ist längst nicht alles! Neben sauberem Wasser verfügt die Region über wertvolle Metalle. Erst kürzlich haben pakistanische Geologen fast sieben Millionen Tonnen Lithium im anliegenden Hinduraj-Gebirge aufgespürt. Dieses Leichtmetall ist neben Kupfer und Phosphor der wohl wichtigste Rohstoff der Welt. Und wie du sicher weißt: Ohne Lithium funktionieren weder Handy noch Laptop, Elektroauto oder eben Kampfroboter.«

»Und so schließt sich der Teufelskreis. Das solltest du mal meiner Kollegin Samira erzählen! Genau solche Themen braucht unser Blog.«

Flora lehnt sich zurück. »Samira?«

»Ach, eine neue Kollegin. Joe hat sie mir vorgestellt. Wir waren feiern.«

Flora schaut ins Leere. Als würde sie die vielen Fragen in ihrem Kopf sortieren, die meine wenigen Sätze in ihr aufkeimen ließen. Und noch bevor sie mich über Samira, die Feier und die Mawe ausfragt, berichte ich in aller Ausführlichkeit über das Erlebte. Oder zumindest fast. Bei meiner Erzählung endete die Party im Rabbit Hole um vier Uhr am Morgen im Taxi nach Hause. Nur nicht unnötig schlafende Hunde wecken. Flora schaut mich prüfend an. »Und die Beule an deinem Hinterkopf?«

»Ist dir also aufgefallen?«

»Mein geliebter Micha, nur weil sie von deinen Haaren verdeckt wird, heißt das nicht, dass sie für meine Augen unsichtbar ist.«

»Ja, ist mir peinlich. Ich bin in der Bar des Klubs gestürzt.« Diese Aussage stimmt vermutlich und beschreibt für meinen Geschmack die zentralen Informationen. Wenig überraschend sieht Flora das etwas anders.

»Haben der Herr mal wieder übertrieben? Und kann es sein, dass diese Samira ebenfalls nicht gerade jemand ist, die es versteht, gewisse Grenzen einzuhalten?«

»Wie schön du das formuliert hast.« Mein kurzer Versuch, das Gespräch in eine humorvolle Ecke zu navigieren, scheitert. »Ja, mea maxima culpa[8].«

---

[8] »meine größte Schuld« (Redewendung aus dem Lateinischen)

»Dass du ein dummer Mann bist, habe ich dir, glaube ich, schon häufiger gesagt, oder?«

»Des Öfteren, ja«.

»*Mein* dummer Mann.«

»Ja, *dein* dummer Mann.«

Flora nimmt mich in den Arm, um mich gleich darauf von sich zu stoßen. »Weißt du, wer übrigens im Gegensatz zu mir sehr viel von dir hält?«

Ich schaue sie fragend an und habe wirklich nicht die geringste Ahnung. Also zucke ich mit den Schultern.

»Johann Kaufmann!«

Meine Ahnungslosigkeit wandelt sich schlagartig in tiefste Verwirrung. »Wie kommst du denn jetzt plötzlich auf Joe?«

»Ich habe ihn kennengelernt.« Flora weiß natürlich, dass mir diese Antwort nicht im Entferntesten genügt, aber sie erfreut sich sichtlich ihres Wissensvorsprungs und erlaubt sich, diesen ausführlich auszukosten. Neckisch hält sie Augenkontakt, bis ich endlich die Geduld verliere. »Oh, du meine liebste Flora, so lasse deinen törichten Gatten an deiner göttlichen Weisheit teilhaben, auf dass sie seinen einfältigen Geist erquicken möge.«

»Na, wenn du mich so lieb bittest. Ich habe deinen Joe in Berlin kennengelernt; genauer gesagt beim Ärztekongress. Am Revers trug er eine Anstecknadel der FNE.«

11

Am kommenden Abend berufe ich die Mawe in die Zentrale am Moldauhafen. Wütend und verwirrt, konfrontiere ich Joe, ohne zu zögern, mit der FNE-Anstecknadel. Samira scheint meine Verärgerung nicht im Geringsten zu teilen. Stattdessen dreht sie sich von mir weg, starrt erneut auf den Monitor und tippt mechanisch auf der Tastatur. Entsetzt starre ich sie an. Hat sie mich etwa nicht verstanden? Anstatt mir zu antworten, stellt Joe mir eine Gegenfrage.

»Hast du dich eigentlich nie gefragt, woher ich all diese Informationen über die FNE habe und weshalb ich stets früher informiert bin? Noch bevor es in der Redaktion der Norddeutschen Zeitung überhaupt zur Diskussion steht? Du kennst doch die Maxime deiner ehemaligen Arbeitgeberin: Bei uns erfahren Sie es zuerst. Das ist allerdings nicht ganz richtig. Herr Reichenberger sagt dir sicher etwas?«

Ich nicke verdutzt. »*Ich* gebe diese Infos vorab an den Chefredakteur.« Verwirrt suche ich den Blickkontakt zu Samira. Nichts. Keine Entrüstung. Nur leises Getippe. Joe spürt die aufbrodelnde Wut in mir und macht eine beschwichtigende Geste. »Ich bin ein relativ kleines Licht bei der FNE. Nicht zu klein, um die notwendigen Zugriffe zu erhalten, gleichwohl nicht zu groß, um aufzufallen. Eben so klein wie möglich und so groß wie nötig. Ich arbeite in einer Schnittstelle der Presseabteilung, die sowohl die interne als auch externe Kommunikation der Partei steuert. Primär bin ich für die redaktionellen Inhalte des Intranets der FNE verantwortlich. Ein notwendiger

Preis für diese Position ist die Zusammenarbeit mit der Norddeutschen Zeitung.«

»Moment mal. *Du* arbeitest für die FNE. *Du* bist der Informant für die Norddeutsche Zeitung. Obgleich *du* derjenige bist, der mich davon überzeugt hat, bei der Norddeutschen Zeitung zu kündigen, um gegen die FNE zu kämpfen?« Ich fahre mir durch dir Haare, atme tief aus und schüttele mit dem Kopf.

»Flora hat mir bereits prognostiziert, dass du so reagieren würdest.«

»Sie hat was?«

»Wir waren noch beim Italiener essen am Samstagabend.«

»Ihr wart was?«

»In der *Trattoria Su e Giú*. Sie hatte die Trigoni mit Trüffel-Füllung und ich Rote-Beete-Gnocci. Dazu tranken wir einen passenden Nero d'Avola. Ihre Lieblingsrebsorte. Aber das weißt du ja.«

»Ich weiß was?« Samira kichert einmal kurz auf, beißt sich auf die Lippen, konzentriert sich aber weiter auf den Bildschirm.

»Joe, warte mal. Du gehst einfach mit meiner Frau essen?«

»Warum denn nicht? So unter Kollegen.«

Samira dreht sich zu mir und zwinkert mir zu. »Machen wir das nicht alle, Micha?«

Geschlagen hebe ich die Hände. »Themenwechsel bitte! Zunächst zurück auf Anfang. Joe, du arbeitest für die FNE in der Presseabteilung, um Informationen an die Norddeutsche weiterzuleiten.«

»Das ist lediglich der Preis, den ich zahlen muss, aber du musst das große Ganze im Blick behalten. Kennst du folgendes Zitat? ›Halte deine Freunde nahe bei dir, aber deine Feinde noch näher?‹ «

»Ist das wieder von diesem chinesischen Kriegskunst-Philosophen Sunzi?«

»Könnte man durchaus meinen. Aber ist von Al Pacino aus dem Filmklassiker ›Der Pate‹. In dem Fall nicht weniger zutreffend als die Weisheiten von Sunzi. Meine Position bei der FNE ist Gold wert für die Mawe. Ich bin zumeist der Erste, der informiert wird innerhalb der Partei, denn ich informiere die Parteimitglieder übers Intranet. Meine Informationen sind aus erster Hand. Nahezu unverfälscht und rein. Primärinformationen mit dem wohl höchstmöglichen Wahrheitsgehalt. Anders ausgedrückt: Ich bin der erste Informationsregulator, der darüber entscheidet, welche Informationen in welcher Form nach innen und außen gelangen. Die selektierten, bereinigten Informationen gehen an die Norddeutsche, die kritischen Rohdaten an die Mawe.«

Samira unterbricht ihr Tippen, hebt triumphierend die Hand und deutet auf ihren Monitor. Sie dreht sich zu uns um. »Gerade fasse ich die Erzählungen deiner Frau zusammen.«

»Von Flora?«

»Ja, der BioThraxPro-Deal mit den Indern. Allerdings wird es eher eine Art Kurzmitteilung, da einige Punkte zwar glaubwürdig sind, aber dennoch auf Vermutungen beruhen. Und wir sind schließlich nicht die

Norddeutsche Zeitung.« Samira lacht auf. »Natürlich geht die Meldung erst online, wenn die Impfstoffe in Deutschland eingetroffen sind. Das musste Joe deiner Frau versprechen.«

Ich muss kurz all die Informationen in meinem Kopf verarbeiten.

»Können wir bitte transparenter miteinander arbeiten?«

»Ehrlich, Micha, wir hätten dich schon eher eingeweiht, aber wir dachten, dass du sicherlich erst einmal deine Ruhe brauchst nach dem Samstagabend«, entgegnet Samira.

»Micha, Flora ist eine kluge Frau. Grundsätzlich wollen wir das Gleiche. Sie geht nur eben einen etwas anderen Weg. Eher diplomatischer, auf kooperativer Ebene. Wir bevorzugen gegen die FNE einen konfrontativen Kurs. Sie justiert das Getriebe nach ihren Möglichkeiten bei laufendem Betrieb; wir hingegen wollen es langfristig zum Erliegen bringen.«

Ich beschließe, die jüngsten Ereignisse erst einmal zu verarbeiten. Und allem Anschein nach werde ich es zunächst alleine durchdenken müssen, da mein Anruf lediglich Floras Mailbox erreicht. Gedankenversunken schlendere ich über die Elbbrücken in Richtung Hafen City. Es weht eine angenehm frische Brise. Über der glitzernden Norderelbe kreischen die Möwen. Alles könnte so harmonisch wirken. Könnte. Unter dem Aussichtsturm an der Kaimauer zerrt der Wind an einem übergroßen Plakat des Bundeskanzlers. Es ist das Erste, was die Menschen sehen, wenn sie vom Süden her in die Hansestadt einfahren. Das glattrasierte Gesicht von Dr. Leon von Weißhaupt ziert ein Zahnpastalächeln samt einem penibel gegelten Seitenscheitel. Darunter der Slogan: *Gemeinsam für mehr Sicherheit auf deutschen Straßen*. Da das Plakat am Straßenrand angebracht ist, könnte man es zunächst für eine Erinnerung an die Straßenverkehrsordnung halten. Die darunter kommunizierte Internetadresse hingegen ist Teil einer landesweiten Werbekampagne für die Bundesmeldeapp. Eine App, die es deutschen Staatsbürgern anonym ermöglicht, verdächtiges oder straffälliges Verhalten den Behörden zu melden. Gemeint ist eigentlich nonkonformistisches Verhalten gegenüber der FNE. Dass seit der Veröffentlichung lediglich Deutsche und nicht einmal EU-Bürger Zugriff auf diese App haben, wird derzeit auf Verhältnismäßigkeit der Ungleichbehandlung vor dem Europäischen Gerichtshof verhandelt. Es steht der »dringende Verdacht der versteckten Diskriminierung von Unionsbürgern« im Raum. Die deutsche Justiz zieht den Prozess aufgrund von scheinbar »sachlichen Gründen« bisher noch erfolgreich in die Länge. Europaweit wird dennoch erwartet, dass das Urteil zu Ungunsten der FNE ausfallen würde. Doch selbst wenn dem so sein sollte – Afrikaner, Asiaten oder Südamerikaner können juristisch von diesem Urteil nicht geschützt werden. Und de facto bleibt es eine Art Blankovollmacht zur Denunziation von lästigen Nachbarn, Mitarbeitern oder Konkurrenten, einem antiken Scherbengericht nicht unähnlich, wo Griechen den Namen von missliebigen

Bürgern auf eine Tonscherbe ritzten, um diese aus dem politischen Leben zu entfernen.

Insbesondere seit der gegenwärtigen Justizreform erfährt dieses digitale Scherbengericht eine unkalkulierbare Strahlkraft. Mit der Aufhebung des Gesetzlichkeitsprinzips ist eine Straftat nicht mehr unmittelbar an bestimmte Gesetze gebunden. Die schleichende Reformierung des Strafgesetzes eröffnet den FNE-getreuen Richtern nunmehr einen flexiblen Interpretationsspielraum des Strafgesetzbuches. Verurteilt werden kann demnach eine Person, *»deren Handlung im Einklang mit dem gesunden Rechtsbewusstsein des Volkes eine Strafe verdient. Wenn für die Handlung kein spezifisches Strafgesetz unmittelbar anwendbar ist, wird die Handlung gemäß dem Gesetz bestraft, dessen Prinzipien am besten auf sie zutreffen.«* Mit anderen Worten: Strafbar ist demnach alles, was dem Volksempfinden der FNE nicht entspricht. Wie sich das gesunde Volksempfinden vom ungesunden unterscheidet, bestimmt letztlich die FNE. Und wenn sich für eine Tat kein passender Paragraf im Gesetzbuch findet, dann wählt der zuständige Richter oder Advocatus Diaboli eben einen anderen, der am ehesten zutrifft. Kritische Beobachter aus den Reihen des Europäischen Gerichtshofs für Menschenrechte sind sich hingegen einig: Das deutsche Justizsystem leimt sich aus diesem Scherbenhaufen eine bruchstückhafte Zukunft.

Am Oberhafen angelangt, reihen sich in traditionellen Kaispeichern die hippen Ateliers und Boutiquen im urbanen Industrie-Chic aneinander. Unter einem historischen Hafenkran lasse ich mich in einen bequemen Korbsessel des Störtebeker-Cafés fallen. Den Namen trägt das Café nach dem berühmt-berüchtigten Seeräuber Klaus Störtebeker, der hier im Spätmittelalter in unmittelbarer Nähe hingerichtet worden sein soll. Genau genommen wurde ihm der Kopf abgeschlagen. In Westdeutschland wurden Hinrichtungen zuletzt 1949 mittels Guillotine vollstreckt. Seitdem ist die Todesstrafe Geschichte. Im Vergleich zu China und Indien, fehle der deutschen Justiz damit »ein entscheidender Hebel zur Verbrechensabschreckung«, argumentiert der Justizminister, der in regelmäßigen Abständen im Bundestag für eine Wiedereinführung plädiert. Die Medien greifen dieses emotionale Thema begeistert auf, sodass es längst kein Tabuthema mehr ist.

Der Kellner stellt mir ungefragt einen Milchkaffee auf den Tisch. Aus meinen Gedanken gerissen, schaue ich ihn verwirrt an. Er grinst und deutet wortlos auf zwei Frauen an einem der Nachbartische, die mir lachend entgegen winken. Es ist Jule mit ihrer Frau Mila. Ich freue mich sehr, die beiden zu sehen. Wir begrüßen uns herzlich und ich setze mich zu ihnen.

»Na, wie ist das Arbeitslosenleben?«, möchte Jule wissen.

»Durchwachsen. Ich konzentriere mich gerade auf ›neue Aufgabenfelder‹. Spannend. Aber da ich gekündigt habe …«

»Da *ich* für dich gekündigt habe. Schließlich habe ich deine Kündigung eingereicht!«, korrigiert Jule mit einem Augenzwinkern.

»Ja, danke noch mal. Da ich gekündigt habe, erhalte ich für drei Monate kein Arbeitslosengeld, was die Abzahlung unseres Immobilienkredits nicht gerade erleichtert. Flora trägt die Lasten alleine. Das rechne ich ihr hoch an, doch ein schönes Gefühl ist es nicht; finanziell von einem Menschen so abhängig zu sein.«

Mila wirft Jule einen scheuen Blick zu, bevor sie das Wort mit gewohnt polnischem Akzent ergreift. Ihr zierlicher Körper versinkt in dem Korbstuhl. Die rechte Hand auf Jules Schoß. Die linke streicht sich eine Strähne von der Stirn. »Glaub mir, daran gewöhnt man sich nie so ganz. Es ist zwar kein geschriebenes Gesetz, aber seit parteilinientreue Unternehmen ›bei gleicher Qualifizierung‹ deutsche Arbeitnehmer bevorzugt einstellen, bin ich faktisch arbeitslos. Inhaltlich passende Jobs, die vom Arbeitsamt ausgeschrieben werden, sind finanziell eine Katastrophe!«

»Bei der ersten Ablehnung wird einem das Arbeitslosengeld gestrichen. Unternehmen nutzen diese Notlage der Arbeitslosen und bieten seitdem häufig lediglich den Mindestlohn. Friss oder stirb!« Jule rutscht unruhig hin und her.

»Genau das! Ich habe deshalb einen Artikel abgelehnt.«

»Du hast was?!«

»Die Leser werden in diesem Artikel explizit aufgefordert, die Bundesmeldeapp zu nutzen, um die Polizei bei der Bekämpfung der aufkommenden Kleinkriminalität zu unterstützen. Alleine die Lebensmitteldiebstähle haben sich verdreifacht. Deutsche Einzelhändler erhalten daher die Möglichkeit, leichter Waffenscheine zu erhalten. Der Artikel schwadroniert nur über die Symptome und wie man diese mit welchen martialischen Mitteln bekämpfen kann. Er fragt weder nach den Ursachen noch wie man diese grundsätzlich vermeiden könnte.«

»Und nun?«

»Was *und nun*?! Du erinnerst dich an den Artikel über ›Die neue Rolle der deutschen Mutter‹. Ja, Scheiße! Er wurde letztlich doch unter meinem Namen veröffentlicht. Ich habe mich dafür geschämt. Ich schäme mich jetzt noch dafür, aber wir brauchen das Geld.«

Sie streichelt Milas Schulter. Jule steckt sich mit zitternden Händen eine Zigarette an und richtet sich auf. »Ich hab' Größinger gesagt, dass dieser Artikel nicht unter meinem Namen veröffentlicht wird.«

»Du wurdest gekündigt, stimmt's?« Jule nickt, zieht an ihrer Kippe und bläst kalten Rauch in die Luft. »Immerhin bekommst du dann gleich Arbeitslosengeld.«

»Aber nur, solange ich jeden noch so beschissen bezahlten Job annehme.« Als Jule ihren letzten Zug inhalieren möchte, hält ein Polizeiwagen mit quietschenden Reifen auf dem Asphalt. Zwei uniformierte

Beamte steigen entschlossen aus dem silber-blau gestreiften BMW und marschieren geradewegs auf unseren Tisch zu. »Sind Sie Jule Wagner?«

»Warum möchten Sie das wissen?«

»Anordnung der Kriminalpolizei, Frau Wagner. Sie kommen bis auf Weiteres in Vorbeugehaft.« Gerade wollen Mila und ich aufspringen, um lauthals zu protestieren, als uns der Lauf einer Heckler & Koch zum Sitzenbleiben ermahnt. Jule wird abgeführt. Der BMW verschwindet unter Blaulicht. Zurück bleiben eine brennende Zigarette und eine heulende Mila.

12

In der Zentrale der Mawe verabreden wir uns zu einem Video-Call mit Mila. Persönlich einladen wollte Joe sie nicht. Er stellt eine sichere Verbindung her und Mila erscheint auf dem Bildschirm. Von ihr erfahren wir, warum Jule verhaftet worden sein könnte. Sie sitzt in Vorbeugehaft, einer Art Schutzhaft, die ohne Anklage und Gerichtsprozess erfolgt. Eine Person kann auf Anordnung der Kripo auf unbestimmte Zeit festgehalten werden. Mila vermutet, dass womöglich Herr Größinger oder ein Redaktionskollege Jule über die Bundesmeldeapp angezeigt haben könnte, da sie sich geweigert hat, ihren Namen unter den Artikel zu setzen.

»Unter welchen Artikel?«, fragt Joe.

»Na eben unter den Artikel, der die Bevölkerung zur Nutzung der Bundesmeldeapp motivieren soll.«

»Autsch. Ironie des Schicksals«, entgegnet Samira. Joe verzieht skeptisch das Gesicht. Ohne uns die Chance zu bieten, weitere Fragen zu stellen, bedankt er sich bei Mila, verabschiedet sich und trennt die Verbindung. Samira und ich blicken uns befremdet an.

»Joe, was sollte das?«, hake ich nach.

»Es gibt eine andere Möglichkeit für die Verhaftung, die wir in Betracht ziehen sollten. Und die geht Mila nichts an. Vorerst zumindest.«

Neugierig richten sich unsere Blicke auf Joe.

»Es sind nur Gerüchte, aber hinter der Verhaftung könnte sich noch etwas viel Größeres verbergen.« Joe starrt zur Decke, als überlegte er, wie er seine Hypothese am besten in Worte kleiden könnte. Statt mit einem alternativen Erklärungsversuch wirft er eine Frage in den Raum. »Was ist Macht? Ich meine, absolute Macht?«

Ich weiß nicht, worauf Joe hinauswill und auch Samira scheint mit der Situation überfordert.

»Anders gefragt: Würdet ihr die Bundesmeldeapp in Kombination mit der Vorbeugehaft als absolute Macht bezeichnen?«

»Scheiße, ja!«, rutscht es aus Samira heraus.

»Es ehrt dich, dass dein Verstand nicht juristisch pervertiert ist.«

Samira reißt ihre Augen weit auf und starrt mich an. Ich beginne langsam, Satz für Satz, laut zu denken. »Die Denunziationen über die App können willkürlich erfolgen; auch die Vorbeugehaft unterliegt der Willkür, da sie, wie gesagt, ohne Anklage und Gerichtsprozess auf unbestimmte Zeit erfolgt. Judikative und Exekutive reagieren auf Basis sachlicher Gründe, also auf vermeintliches Fehlverhalten der Bürger. So absurd diese begründet sein mögen.«

»Das ist es!«, platzt es aus Samira heraus.

»Was?«

»Du sagtest – die Justiz *reagiert*. Absolute Macht *agiert*! Sie lenkt und verlässt sich nicht auf Entscheidungen von Dritten, da sie diese nur bedingt kontrollieren kann.«

Joe lehnt sich zufrieden zurück und nickt uns anerkennend zu. »Sehr gut, ich bin beeindruckt. Habt ihr schon einmal von dem Begriff der *Kriminalprädiktion* gehört?«

»Prädiktion? Also eine Vorhersage?«, übersetze ich fragend, worauf mich Samira wiederum ergänzt.

»Beruht nicht ein Teil der kriminalistischen Arbeit auch auf der Vorbeugung von Verbrechen – noch bevor sie ausgeführt wurden? Etwa die Verhinderung eines Bankraubes aufgrund sachdienlicher Hinweise.«

Wieder anerkennendes Nicken von Joe.

»Joe, nun rück raus mit der Sprache. Du weißt doch etwas!«

»Nein, ich habe nur einen dunklen Verdacht. Ihr habt im Grunde alle Puzzleteile genannt. Lasst mich versuchen, unsere Mosaiksteinchen zu einem stimmigen Bild zu verdichten. Diese sachdienlichen Hinweise, wie Samira sie nannte, erfolgen grundsätzlich auf der Recherchearbeit der Polizei. Aber genau das ist der springende Punkt. Es gibt im Darknet Gerüchte, dass diese präventive Polizeiarbeit gar nicht von der Polizei selbst, sondern von einem KI-basierten Rechenzentrum der FNE gesteuert wird. Es liest gigantische Datensätze, analysiert und urteilt. Vielleicht sollte ich besser *vorverurteilt* sagen.«

»Du meinst, eine künstliche Intelligenz ermittelt nicht nur, sondern *verurteilt* auf Basis von Big Data und einer kaum fassbaren FNE-Ideologie mögliche Straftäter, die noch gar kein Verbrechen begangen haben?«, werfe ich fassungslos ein.

Samira überlegt. »Möglich. Jule könnte präventiv verhaftet worden sein, weil Algorithmen sie als potenzielle Täterin auf Basis neuronaler Netze definiert haben; oder vielleicht auch, weil die KI sie gemäß ihrer Programmierung schlichtweg als Verbrecherin definiert, da das System in einer ihrer Handlungen ein Verbrechen erkennt. Wir wissen es noch nicht, doch vielleicht kenne ich jemanden, der uns weiterhelfen könnte.« Samira zögert, dann nimmt sie ihr Handy und wählt eine Nummer.

»Habari Musa, ni Samira. Unaendeleaje? Nimefurahi … Asante pia … Samahani, niko nje kidogo ya mazoezi ya kuzungumza Suhaeli … Oh, yes, please. I would appreciate speaking English.« Samira beginnt Musa nunmehr auf Englisch von unserer Hypothese, eines KI-gestützten Superpolizeicomputers zu berichten. Sie scheint, in ein Wespennest gestochen zu haben, denn am anderen Ende der Leitung beginnt ein Monolog. Sie hält ihre Hand vors Handy und flüstert uns zu.

»Mein ehemaliger Uni-Dozent. Aus Nairobi. KI-Experte. Forschungsfeld: innere Sicherheit.« Angespannt formt sie mit ihrem Daumen und Zeigefinger einen Kreis und gibt uns per Zeichensprache zu verstehen, dass alles nach ihren Vorstellungen verläuft. Nach etwa fünf Minuten endet das Gespräch.

»Wir bekommen gleich eine verschlüsselte Mail mit allen notwendigen Fakten. Top Secret.«

Dieses Mal sind wir es, die Samira verwundert anblicken. Eine kurzes Ping ertönt auf ihrem Rechner. Eine Mail von Musa. Der Anhang ist passwortgeschützt. Über SMS erhält Samira einen neunstelligen Code. Nach Eingabe kopiert sie den Text aus der PDF-Datei und schickt ihn über unseren codierten

Übersetzer, um gleich darauf wissbegierig vorzulesen:

*»Das Deutsche Klimarechenzentrum wertet gemäß einem anonymen Informanten nicht mehr nur Klimadaten aus, sondern dient mit seiner enormen Rechenleistung dem nationalen Polizeiapparat zur Kriminalprädiktion. Das Herzstück dieses Rechenzentrums ist ein **S**ystem zur **K**riminalitäts**a**uswertung, **L**ageantizipation und **V**erurteilung – kurz: SKALV.*

Die CPU-Partition von SKALV umfasst 84.960 Rechnerknoten mit jeweils 12 Prozessoren, die zusammen eine Spitzenrechenleistung von 1,5 ExaFLOPS liefern. Das sind 1,5 Trillionen mathematische Operationen pro Sekunde. Der gesamte Hauptspeicher des Systems umfasst mehr als 240 Petabyte; das entspricht dem Hauptspeicher von etwa 1,2 Millionen Laptops. Zusätzlich zu den klassischen Prozessoren verfügt der Computer über eine Partition mit 1.800 GPU-Knoten, die gemeinsam eine zusätzliche Rechenleistung von 300 PetaFLOPS liefern. Die Datenübertragung zwischen den Rechnerknoten und den Speicherkomponenten kann bis zu 6 TBit/s erzielen. Für die Speicherung der berechneten Simulationsergebnisse ist SKALV mit einem etwa 3,9 Exabyte großen Speichersystem ausgerüstet.

Das Vorbild vom deutschen SKALV ist das chinesische Predictive Policing System, das vom Reich der Mitte nach der völkerrechtswidrigen Annektierung Taiwans ins Leben gerufen wurde. Neben Taipeh wird das System in Shanghai und Peking sowie in Hong Kong und der anliegenden Guangzhou-Shenzhen Region seit Längerem in der Praxis angewandt. Hier kalkuliert die eingesetzte Software anhand der Vorstrafen, Internetaktivitäten und Bewegungsprofilen über die KI-gestützten Kameras die Wahrscheinlichkeit, inwiefern jemand zukünftig eine Straftat begehen könnte. In China generiert der Computer daraus eine sogenannte Strategic Suspect List, die für die Polizei als Basis für deren Ermittlungen dient. Gemäß dem Informanten generiert SKALV nicht nur eine Liste von Verdächtigen, sondern eine Liste von Menschen, die das System selbst verurteilt.«

Entsetztes Schweigen. Samira hält sich die Hand vor den Mund, kaum als sie die letzten Worte vorgelesen hat. Sie ist indes die Erste, die wieder nach Worten ringt. »Wenn das nur ansatzweise stimmt, dann hat die Kriminalprädiktion keinerlei Rechtsschutz, etwa im Sinne einer richterlichen Haftprüfung. SKALV selbst ist die Judikative. Eine KI versteht sich als legitime Richterin ohne jedwede moralische Bedenken!«

Joe erwacht aus seiner Schockstarre. »Und die FNE hat als Legislative dieser juristischen Willkür mittels Vorbeugehaft samt seinem strafgesetzlichen Interpretationsspielraum Tür und Tor geöffnet. Polizisten dienen lediglich als ausführende Befehlsempfänger eines entfesselten KI-Systems.«

»Darauf hätten wir eigentlich auch eher kommen können«, beginne ich leise. »Bei der Norddeutschen Zeitung war es ja nicht viel anderes oder zumindest der Grundgedanke war vergleichbar. Die Artikel kamen von Content-Bots und die Bilder von einer Deepfake-Software. Mein Name diente lediglich als journalistisches Feigenblatt.« Ich kratze mich geistesabwesend am Kinn, wobei in mir ein düsterer Gedanke reift. »Genau wie die Bundesmeldeapp. Die Strafanzeigen kommen vielleicht gar nicht aus der Zivilbevölkerung, sondern ausschließlich von SKALV, doch das kannst du dem Volk natürlich nicht erzählen – schließlich geht in unserer ›Demokratie‹ alle Staatsgewalt vom Volke aus.«

»Nun mal langsam!«, unterbricht Joe und hakt nach: »Wir haben eine Hypothese aufgestellt, die irgendein kenianischer KI-Experte, zugegeben eindrucksvoll, zu einer wackeligen Theorie verdichtet hat. Aber, Samira, hey, wer ist dieser Typ überhaupt? Und warum erfahren wir das erst auf Nachfrage von ihm?«

»Dieser *Typ* ist eine KI-Koryphäe! Speziell für den Bereich der Sicherheit von Staaten vor Kriminalität und Terrorismus, die sich aus dem Inneren der Gesellschaft entwickeln. In diesem Kontext leitete er staatliche Forschungsprojekte in Indien, Südafrika und Brasilien.«

»Und so einen Menschen rufst du einfach mal nebenbei an und fragst ihn, wie es eigentlich um die innere Sicherheit in unserem Land bestellt ist«, hake ich nach.

»Ja.« Samira besinnt sich kurz. »Wir waren einmal sehr vertraut miteinander. Doch irgendwann wurde es kompliziert. Ich war Studentin und er mein Professor. Ihr versteht.«

Joe schüttelt irritiert mit dem Kopf. »Schön. Das mag ja alles stimmen. Ihr wart ein Paar. Er vertraut dir. Wirklich ganz toll. Aber warum informiert er dich nicht über SKALV?«

»Es ist lange her. Wir haben den Kontakt abgebrochen. Es war besser so. Und ganz ehrlich, Joe, komm mal von deinem eurozentristischen Ross herunter!« Samira deutet mit ihrem Zeigefinger in die Ferne. »Da draußen in der Welt der Mächtigen interessiert sich keine Sau für die Innere Sicherheit des kleinen Deutschland! Deutschland bezog seine wirtschaftliche Stärke auf Basis von globaler Kooperation und Wissensaustausch sowie damit einhergehender Exporte, doch seit dein Land nicht mehr mit der EU an einem Strang zieht, schwindet die deutsche Relevanz in der Weltpolitik. Deutschland ereilt gerade das gleiche Schicksal wie England und Ungarn nach ihrem EU-Austritt. Gemeinsam hatten die EU-Länder weltweit eine Stimme. Hatten! Musa arbeitet in Lucknow. Schon mal von gehört? Nein? Es ist die Hauptstadt des indischen Bundesstaates Uttar Pradesh. Allein dieser Bundesstaat hat viermal mehr Einwohner als Deutschland. Und es ist nur ein Bundesstaat von *neunundzwanzig* in Indien. Und gemäß Floras Berichten werden es mit dem noch pakistanischen Gilgit-Baltistan vielleicht bald dreißig Bundesstaaten sein. Wach auf! Wir teilen uns einen kleinen Planeten mit zehn Milliarden anderen Menschen. Zwei Drittel davon leben in dem BRICS-Plus-Staatenverbund, angeführt von Indien und China. Deutschland hat kaum global strategische Rohstoffe. Im Vergleich zu den rohstoffreichen Ländern ist Deutschland nahezu bedeutungslos. Das deutsche Staatsgebiet ist über fünfzigmal kleiner als das panrussische. Wie heißt euer Sprichwort noch gleich? Das interessiert genau so viel, als wenn in China ein Sack Reis umgefallen wäre. Falsch! Ganz falsch. Scheißdeutsche Überheblichkeit. Dieser verdammte Reissack interessiert die Weltpolitik! Ob in Kleindeutschland die Polizei von einer KI gelenkt wird, ist den Mächtigen hingegen scheißegal!«

Samira springt auf und dreht sich, hektisch atmend, zur Serverwand. Langsam stehe ich auf, gehe auf Samira zu und lege ihr behutsam meine Hand auf die Schulter. Sie ergreift die meine. Ein kurzer Moment des Einsseins wie auf der Tanzfläche im Rabbit Hole. Mit ihrem Ärmel wischt sie sich eine Träne aus dem Auge, aber so, dass Joe es nicht sieht. Ich ergreife vorsichtig das Wort.

»Aber mir ist es nicht scheißegal, was aus diesem Land wird.«

»Ach, mir doch auch nicht.« Samira fällt mir in die Arme und ich streichele sanft ihren Rücken.

»Ich brauch jetzt einen Schnaps«, verkündet Joe.

Er öffnet ein Metallschränkchen und stellt eine Flasche Doppelkorn und drei Schnapsgläser auf den Tisch. »So! Jetzt trinken wir erst einmal einen Kurzen. Dann überlegen wir, was wir gegen SKALV unternehmen können. Einverstanden?«

Wir nicken und setzen uns. Joe schenkt ein und erhebt sein Glas. »Auf den Widerstand.«

13

Nach der Geburtsstunde unserer SKALV-Theorie beschließen wir die Flucht nach vorn. Wir wollen es in die Welt hinausschreien. Unsere Taktik ist es, das Thema anonym an möglichst viele Redaktionswände zu werfen, in der Hoffnung, dass es stellenweise kleben bleiben würde. Doch dieses Vorhaben würde unter erschwerten Bedingungen erfolgen, denn nicht nur wir müssen aus reinem Selbstschutz anonym bleiben. Auch Musa verbat sich ausdrücklich, als Quelle genannt zu werden. Es würde seine Arbeit im indischen Lucknow deutlich verkomplizieren, da seine Informanten ebenfalls auf Anonymität bestehen. Vertrauen ist ein fragiler Rohstoff. Es reift über Jahre und verpufft mit einer unbedachten Äußerung. Und so verbleibt unsere Theorie ein fragiles Konstrukt in einem virtuellen Raum ohne Quelle und öffentlich zugängliche Fakten. Es steht damit in direkter Konkurrenz zu all den unzähligen Behauptungen und fantastischen Hypothesen, die das Netz unkontrolliert durch die Blogosphäre spült. Fälschung und Wahrheit – wer kann das heutzutage überhaupt noch unterscheiden? Der *Stanford Artificial Intelligence Report* belegt, dass derzeit auf eine wissenschaftlich verifizierte Nachricht rund *zwölf* KI-generierte Fake News durchs Netz geistern, die inhaltlich genau das Gegenteil vom wissenschaftlichen Kenntnisstand behaupten. Oder waren es bloß *drei* fingierte Nachrichten pro überprüften Artikel? Die Gier nach viraler Aufmerksamkeit und klickgetriebenen Algorithmen beschleunigt diesen Prozess der Ungewissheit. Spannender als *dreimal* klingt schließlich *zwölfmal* so viel. Exponentiell steigend! Noch spannender: Keiner hat eine genaue Vorstellung davon, was *exponentiell* strenggenommen bedeutet, doch die Wortkombination *exponentiell steigend* wird im Keywords-Ranking der Suchmaschinen belohnt. Differenzierte Aussagen finden somit kaum mehr Gehör. Diese Extreme umfassen nahezu alle Lebensbereiche. Wir leben in einem superlativistischen Zeitalter. Kritiken kreisen um diametrale Pole. Das nimmt die Politik nicht aus. Eine politische Entscheidung kann entweder episch und geschichtsträchtig oder schlichtweg grausam und katastrophal sein. *Beste* oder eben *schlechteste* Partei, die *jemals* regiert hat – diese Überschrift funktioniert. Dieser Verlust der Mitte polarisiert. Gewinnen oder verlieren. Schwarz oder weiß. Unsere *Story* hat zudem einen schlechten Zeitpunkt erwischt. Sie tritt gegen einen übermächtigen Gegner an: Überfremdung. Ein Klassiker. Funktioniert immer. Gut zehntausend illegale Klimaflüchtlinge treffen täglich in wackeligen Schlauchbooten an den Stränden der Mittelmeerstaaten ein. Gemäß geltendem EU-Recht sind die Staaten für das notwendige Asylverfahren verantwortlich, wo ein Schutzsuchender das erste Mal seinen Fuß auf das Land setzt. Nahezu alle EU-Staaten stehen hinter diesem europäischen Asylsystem. Da bisher noch keines der Schlepperboote über die Nord- und Ostsee in den EU-Raum zu gelangen suchte, verteidigt die FNE den Status quo vehement. Indessen haben auf einer außerordentlichen Sitzung Malta, Italien, Spanien und

Griechenland gemeinsam beschlossen, sich nicht weiter an ein unsolidarisches Asylsystem zu halten. Mit Bussen sollten die Asylbewerber nunmehr von der Küste Richtung Norden gefahren werden. Österreich und Deutschland schlossen daraufhin ihre Grenzen, gefolgt von strengen Ausweiskontrollen. Etwaige Asylanträge werden kategorisch abgelehnt, unterstrich Bundeskanzler Weißhaupt direkt nach dem mediterranen Schulterschluss. Überdies wird mit äußerster Konsequenz abgeschoben. Im Bundestag fordert er nachdrücklich den Einsatz von Schusswaffen durch den nationalen Grenzschutz. Der Kanzler verweist auf Paragraph 10 des *Gesetzes über den unmittelbaren Zwang bei Ausübung öffentlicher Gewalt durch Vollzugsbeamte des Bundes*, in dem klar definiert ist, dass der Schusswaffengebrauch ohnehin legitim sei, wenn sich eine festzustellende Person durch Flucht zu entziehen versucht. Die Nachrichten überschlagen sich wie Wellen, die sich schäumend in Höhe und Dramatik übertreffen. Bis auf wenige Blog-Erwähnungen von internationalen Aktivisten versinkt unser sperriges Kriminalprädiktionspapierschiffchen[9] auf dem journalistischen Grund der Bedeutungslosigkeit.

Joe ist im Tunnel. Wie im Fieberwahn bespielt er die Klaviatur seines Rechners. Ein kurzer Blick auf den Monitor: Access denied. Kopfschütteln. Er rauft sich die Haare. »Kein Durchkommen. Ich finde keine

[9] Prädiktion: Vorhersage durch wissenschaftliche Verallgemeinerung.

systematische Schwachstelle im Rechenzentrum der Kriminalprädiktion. Alle Ports sind zu. Ich komme einfach nicht ins System.«

Ich spiele unbedacht mit einem USB-Stick, der auf meinem Schreibtisch liegt. Gedankenverloren drehe ich ihn in meiner Hand. Ich betrachte den Stick und imitiere mit ihm einen Schlüssel, der eine Tür öffnet. »Das ist es! Joe, wenn die Tore des Rechners verschlossen sind, dann benötigen wir eben einen Schlüssel, um die Ports zu öffnen. In dem Fall hätten wir Zugang zum Polizeirechner!«

Joes Gesichtszüge tauen kurz auf, um sich gleich darauf wieder zu verfinstern. »Micha, dafür müssten wir lokalen Zugriff auf das Rechenzentrum haben. Wie soll das gehen?«

Samira kauert unbeteiligt mit dem Rücken zu uns an ihrem Rechner. Plötzlich hebt sie ihre Hand und ermahnt uns zu schweigen, so als wollte sie nicht, dass wir ihren Heureka-Moment durchkreuzen. Sie steht auf, schreitet im Raum auf und ab, wobei sie schleierhaft durch uns hindurchschaut. Mit erhobenem Zeigefinger prustet es urplötzlich aus ihr heraus. »Tomek! Dass ich da nicht eher darauf gekommen bin.«

»Tomek? Etwa der Türsteher vom Rabbit Hole? Was ist mit dem?«

»Er ist als Türsteher doch auch nur angestellt … und zwar …« Sie springt an ihren Rechner zurück und tippt wie wild in die Suchmaske. »Bingo! Tomek arbeitet für eine Sicherheitsfirma, die nicht nur Türsteher für etwaige Nachtklubs stellt, sondern darüber hinaus Objektschutz anbietet.«

»Etwa für das Klimarechenzentrum?«

»Genau für das Klimarechenzentrum, wo der SKALV-Rechner steht!« Ich greife wieder zu meinem USB-Stick und deute damit auf Joe. »Könntest du uns einen Türöffner programmieren, sodass wir Zugriff auf das SKALV-System hätten?«

Etwas überrumpelt nickt Joe. Erst langsam, dann immer heftiger. »Ja, ja, ich denke schon!«

»Und Tomek würde unseren Virus-USB-Stick in das Rechenzentrum schmuggeln und den Türöffner installieren?«

Samira schüttelt den Kopf. »Nein, das funktioniert nicht. Er hat keine Ahnung von Computersystemen. Zudem ist es ein ziemliches Risiko.«

»Aber wir könnten versuchen, ihn zu überzeugen«, insistiere ich. »Und den Trojaner programmieren wir im Plug-&-Play-Stil. Er müsste ihn nur vor Ort in einen USB-Slot stecken. Den Rest erledigen wir remote.«

»Er ist ein Dickkopf. Dazu noch ein genügsamer. Ein Lebemensch, wie er im Buche steht. Er mag die FNE ja auch nicht, aber ich glaube nicht, dass wir ihn überreden können. Dazu fehlt ihm einfach der Idealismus.«

»Nennen wir's einfach Motivation. Ihm fehlt also die Überzeugung. Der absolute Wille«, denkt Joe laut.

»Mila!«, platzt es aus mir heraus. »Wer könnte motivierter sein, das SKALV-System zu sabotieren, als eine Person, deren Frau gerade vom SKALV-System unschuldig verhaftet wurde?«

»Aber sie arbeitet doch gar nicht in der Sicherheitsfirma«, widerspricht Joe.

»Noch nicht«, grinst Samira.

14

Samira hält sich gegenüber Tomek über ihre wahren Beweggründe bedeckt. Sie wolle lediglich einer Freundin zu einem Job verhelfen. Tomek könne Mila problemlos über seine Sicherheitsfirma einstellen, da sie immer verlässliche Leute suchen. Sein Chef Wojtek ist ebenfalls Pole und so stellt er Mila schlichtweg als seine Cousine zweiten Grades aus Lublin vor. Als Türsteher tauge sie zwar nicht gerade, lacht Wojtek, doch insbesondere für die ungeliebten Nachtdienste brauche er stets jemanden.

»Mam to w małym palcu! Das mache ich mit links«, wickelt Mila ihren neuen Chef um den kleinen Finger. Das Angebot eines Nachtdienstes gefällt Mila ungemein, da es ihren Auftrag deutlich erleichtern würde. Im Grindelviertel liegt das Rechenzentrum in der Nähe der Universität. Mila erzählt Wojtek, dass sie am Nachmittag in der Uni putze und ob er zufällig einen Job zur Nachtzeit in der Nähe hätte. Es läuft wie am Schnürchen. Wojtek bietet ihr eine Nachtschicht im Rechenzentrum an. Volltreffer. Als Mila das Büro des Chefs verlässt, fällt eine Last von ihr ab. Sie atmet tief durch, steckt sich eine Kippe an und kann sich ein schelmisches Grinsen nicht verkneifen.

15

Mila ist nicht nur eine passable Schauspielerin, sondern weiß durch ihre neue Position als Sicherheitsangestellte im Rechenzentrum, um ihren Wert für die Mawe. So spontan und enthusiastisch sie uns zugesichert hat, bei unserem Plan mitzuhelfen, so fordert sie nunmehr in unserer Zentrale eine Bedingung ein.

»Ich mache es nur, wenn ihr meine Frau aus der Vorbeugehaft befreit.«

Sie verschränkt ihre Arme und starrt trotzig auf den Linoleumboden.

»Scheiße, Mila, spinnst du? Was soll'n das jetzt? Wie sollen wir das machen?«, sprüht es aus Samira heraus.

Joe gestikuliert beruhigend auf sie ein. Samira setzt sich wieder. Sie beißt sich genervt auf die Unterlippe, rollt mit den Augen und hat sichtlich Mühe, ihr Temperament im Zaun zu halten.

»Mila«, beginne ich ruhig, »wir sind doch keine Anwälte oder irgendein Killerkommando, das Jule mit Gewalt aus dem Knast holen kann.«

»Ist mir völlig egal. Entweder ihr holt sie da raus oder ich mache nicht mehr mit.«

Joe lehnt sich zurück und reißt die Augen auf. Er unternimmt einen letzten Versuch. »Wir verstehen ja, wie sehr dich die Trennung von Jule schmerzt. Und ihr Schicksal geht uns allen sehr nah.«

»Kurwa, nie wiesz, co czuję![10]«, zischt sie zurück. Keiner von uns spricht Polnisch, doch Milas drahtiger Körper bebt. Ihre stechenden Augen könnten Glasplatten

---

[10] »Verdammt, ihr wisst nicht, was ich fühle!« (polnisch)

zerschneiden. Jedem ist klar, dass dieser Punkt für sie nicht verhandelbar ist.

»Okay, okay, beruhigen wir uns. Lasst uns überlegen, wie wir Jule helfen können.« Joes sachliche Einlenkung entspannt Milas Gesichtszüge und auch Samira dreht sich wieder zur Tischmitte.

»Wir sind Journalisten. Informatiker. Wie könnten wir Jule schon helfen?«, überlegt Joe eher verzweifelt als hoffnungsvoll.

»Vielleicht, indem wir genau dieses Wissen einsetzen«, beginne ich. »Joe, du sitzt bei der FNE an der Informationsquelle. Samira, dein Spezialgebiet ist die Cyber Security. Und Mila hat den Zugang zum Rechenzentrum. Dann könnten wir … vielleicht …« Plötzlich rede ich wie von einer Muse geküsst auf die drei ein: »Mila, du legst für uns per USB-Stick den Algorithmus von SKALV frei. Samira analysiert den Code und ändert ihn! Wir verändern den SKALV-Algorithmus; vorerst nur testweise. Beispielsweise könnten wir versuchen, dass SKALV seine Verhaftungsdoktrin einmalig ändert. Es müsste jemand sein, den SKALV niemals auswählen würde. Größinger beispielsweise. Genau. Den müsste der Algorithmus verhaften lassen. Samira könnte in den SKALV-Code eine Verhaftung von Größinger hineinprogrammieren. Joe prüft anschließend, welche Wellen es bei der FNE schlagen würde. Und wenn das klappt, könnten wir vielleicht SKALV irgendwie befehlen, die Anklage gegen Jule zurückzunehmen.«

Samira und Joe erheben sich aus ihren Sitzen.

»Nein!«, durchkreuzt Mila die sich anbahnende Begeisterung.

Samira möchte sie am liebsten anschreien, schluckt jedoch ihren Unmut herunter und deutet auf Joe, mit der augenscheinlichen Aufforderung, dass er Mila bitte zur Räson bringen möge. Joe spricht das aus, was uns beiden auf der Zunge brennt. Auch er hat dieses Mal sichtlich Mühe, sich zu beherrschen. Schafft es aber zu unserem Erstaunen. »Warum denn, liebe Mila? Was gefällt dir an Michas Plan nicht?«

»Zu gefährlich.«

Samiras Blut kocht über. Sie springt von ihrem Stuhl. »Ach zu gefährlich? Ja, gehen wir doch vielleicht einfach zur lieben Polizei und bitten sie, Jule freizulassen? Wie wäre das?«, ereifert sie sich.

Bevor die Situation eskaliert, ergreife ich Milas Hände und frage sie so gefasst wie möglich, was sie genau von uns erwarte.

»Risikominimierung für mich. Höhere Erfolgsaussichten für meine Frau. Das kann ich ja wohl verlangen, wenn ich mich solch einer Gefahr aussetze.« Das klingt überraschend vernünftig. Sie hält unsere gespannte Aufmerksamkeit. »Micha, du sagtest, wir sollten zuerst eine Art Probelauf machen, indem wir Größinger über SKALV verhaften lassen. Ich mag den Typ ja auch nicht, aber im Vergleich zu meiner Frau ist er mir offen gestanden *scheißegal*. Was ist, wenn es uns gelingt, den USB-Stick zu platzieren, es weiterhin klappt, mittels Trojaner in das SKALV-System einzubrechen – und zwischenzeitlich schaffen wir's vielleicht, den SKALV-Code zu ändern, der letztlich sogar noch das tun könnte, was wir möchten. Wenn, vielleicht, könnte … alles sehr unsicher! Aber nur einmal angenommen: All das gelingt uns, dann heißt es mitnichten, dass die FNE unseren Angriff ignoriert. Im Gegenteil. Sie wird reagieren: Das Rechenzentrum abschotten. Die IT-Sicherheit verstärken. Was weiß ich. Nein, nein, nein, wir haben vielleicht nur einen Versuch, und den sollten wir nicht an Größinger verschwenden.«

Ich denke, wir alle haben Mila unterschätzt. Jeder von uns betrachtete sie bisher nur als Werkzeug, das wir für unsere Zwecke gebrauchen wollten, doch niemand spricht es aus. Stattdessen beginnen wir, unsere Sätze gegenseitig zu ergänzen.

»Gut, also ich programmiere den Trojaner auf den USB«, beginnt Joe.

»Anschließend werde ich diesen Schlüssel ins Rechenzentrum schmuggeln«, ergänzt Mila, woraufhin Samira vollendet: »Und wenn wir damit Zugriff auf den SKALV haben, dann verspreche ich euch, werde ich alles versuchen, um Jule da herauszuholen.«

»Und ich verzichte, vorerst, auf die Verhaftung von Größinger«, grinse ich.

Alle müssen lachen. Ich halte etwas pathetisch meine Hand in die Mitte des Tisches, woraufhin jeder seine rechte Hand auf die andere legt. »Für Jule. Für die Mawe. Für den Widerstand.«

In den kommenden Tagen telefoniert Samira häufiger nach Lucknow, um Musa zu umgarnen. Sie möchte möglichst viele Informationen über das Rechenzentrum erhalten, doch bis auf ein paar weitere Details hinsichtlich der IT-Sicherheit erfährt sie nichts. Wir beschließen daher, drei USB-Sticks zu programmieren, da wir nicht genau wissen, welcher Schlüssel passen könnte. Ähnlich wie ein Dietrich-Set. Wir markieren den USB-Stick, der am wahrscheinlichsten zum Erfolg führen würde mit einem grünen Punkt, einen weiteren mit einem gelben Punkt und einen letzten mit einem roten Punkt. »Wie eine Ampel? Du probierst Grün als Erstes, dann Gelb und am Ende Rot. Alles klar?«

»Bez problemu[11]«, nickt Mila.

Die ersten Arbeitsschichten verbringt Mila wider Erwarten im Wächterhäuschen am Straßenrand des Rechenzentrums. Sie lässt sich einen Mitarbeiterausweis zeigen, drückt auf einen Knopf und die weißrote Schranke öffnet sich. Sie müht sich, weder gelangweilt noch fordernd zu wirken. Einen Mitarbeiterausweis braucht Mila allerdings nicht zu kontrollieren. Es ist Wojtek, der in regelmäßigen Abständen nach dem Rechten sieht. Als sie rauchend vor dem Eingang des Rechenzentrums stehen, wagt Mila sich ein Stück hervor.

»Ich will ja nicht undankbar erscheinen, Wojtek, aber du weißt ja, dass ich zusätzlich gerne tagsüber in der Uni putzen möchte. Das schaffe ich nicht, wenn ich hier den Tordienst übernehme.«

---

[11] »Kein Problem« (polnisch)

Wojtek überlegt kurz. Dann pfeift er einmal und winkt einen Kollegen heran, der gerade mit dem Fahrrad zur Nachtschicht eintrudelt. »Slawo, du tauschst ab der kommenden Woche mit Mila den Dienst, dobrze?«

Slawo nickt gleichgültig und tritt seine Kippe aus. Wojtek tippt ein paar Änderungen in den gemeinsamen Dienstkalender. »Alles klar. Nachtschicht für dich kommende Woche. Hatte ich vergessen. Przepraszam[12], Mila. Und Grüße an Tomek.« Wojtek winkt einmal in die Runde, steigt in seinen Mercedes-Roadster und fährt vom Hof.

In ihrer ersten Nachtschicht will Mila die USB-Sticks eigentlich nicht dabeihaben. Sie ist unsicher, ob ihre Sachen im Rechenzentrum vielleicht durchleuchtet würden, doch nichts dergleichen geschieht. Das hoffnungslos unterbezahlte Wachpersonal übertrifft sich gegenseitig mit schulterzuckendem Desinteresse. Und da Mila sich weder für Fußball noch Sportwagen interessiert, bleibt sie während des Schichtwechsels beim obligatorischem Smalltalk außen vor. Immerhin steht sie auch auf schöne Frauen, doch Dragan zeigt wenig Interesse, derlei Erlebnisse und Fantasien mit Mila zu teilen. Dragan ist ein serbischer Kollege, mit dem sie die erste Nachtschicht teilt. Von ihm erfährt sie, das neben ihm lediglich ein weiterer Sicherheitsmann draußen seine Runden dreht, da die Schranke nachts ohnehin verschlossen bleibt.

---

[12] »Entschuldigung« (polnisch)

»Wir haben hier insgesamt zehn Etagen: Sechs überirdische Stockwerke, das Erdgeschoss und drei Untergeschosse«, beginnt Dragan und malt mit seinem Zeigefinger einen Kreis Richtung Zimmerdecke. »Ich laufe hier und da die neun Stockwerke ab und prüfe, ob alle Fenster verschlossen sind. Meistens sitze ich allerdings hier unten.«

»Und mehr nicht?«

»Wenn irgendwas auffällig sein sollte, rufe ich den Chef oder die Bullen. That's it.«

»Sagtest du nicht, insgesamt zehn Stockwerke?«

»Ja, einer oder besser gesagt *eine* muss permanent im dritten Untergeschoss Wache halten. Wir nennen es hier den Bunker.«

»Warum muss jemand ununterbrochen im Bunker hocken?«, hakt Mila nach.

»Šta ti je, jebem ti mater?![13] Was weiß ich denn. Anweisung vom Chef. Das ist auf jeden Fall dein Job«, lacht Dragan. »So und nun husch, husch; ab in den Bunker mit dir.« Er reicht ihr eine Türcode-Karte, ein Funkgerät und deutet auf den Fahrstuhl. Normalerweise würde sich Mila weder so beleidigen noch so herumkommandieren lassen, doch ihre Intuition signalisiert ihr, dass sie dort unten goldrichtig aufgehoben ist. Sie fährt mit dem Fahrstuhl ins dritte Untergeschoss.

In dem neonröhrenbeleuchteten Vorraum steht ein Klappstuhl, eine leere Coladose und ein halb voller

---

[13] »Was zur Hölle ist los mit dir?!« (serbokroatisch)

Aschenbecher direkt unter einem »Rauchen verboten«-Schild. Letzte Spuren eines nächtlichen Zeittotschlagens. Getrennt durch eine Glastür, blickt Mila in den mit blauen LEDs schwach ausgeleuchteten Serverraum. Innen surren ruhig hochwertige Klimaanlagen, Notstromsysteme sowie eine Vielzahl von Sensoren, die Temperatur, Luftfeuchtigkeit und Staubdichte messen. Vorsichtig rüttelt sie an der Tür. Sie ist verschlossen. Eine Anzeige blinkt über einem Display, der sie auffordert, ihren personalisierten Ausweis-Chip an den Sensor zu halten. Mila zögert. Dann schüttelt sie mit dem Kopf und greift zur Funke. Sie fragt Dragan, ob er noch Kippen habe. Er bejaht und sie verabreden sich im Erdgeschoss. Mühselig wurschtelt Dragan allerlei Krams aus seinen Taschen und legt diese auf eine Anrichte vor dem Lift. Einen Schlüsselbund, sein Portemonnaie, ein Feuerzeug, sein Handy, seinen Ausweis-Chip und schließlich eine Schachtel importierter Drina-Zigaretten. Mila hält ihren eigenen Ausweis-Chip hinter ihrem Rücken. Plötzlich weist sie ins Dunkle aus dem Fenster?

»Ist das etwa Slawo da draußen?«

Dragan kneift seine Augen zusammen und macht einen Schritt aufs Fenster zu. Blitzschnell vertauscht Mila die beiden Ausweis-Chips.

»Nee, der hat doch jetzt immer Tagesschicht.« Er prüft den Dienstplan. »Ja, wie ich sagte. Kann er nicht gewesen sein. Ist sicher der Neue.« Nochmalig prüft er den Dienstplan. »Kann die Scheißhandschrift nicht lesen. Bojan. Stojan. Irgendwie so was. Mir auch scheißegal.«

»Na ja, egal – danke für die Kippe.«

»Rauchen ist unten aber verboten«, zwinkert Dragan ihr zu.

»Daher der Aschenbecher, richtig?«

»Richtig!«

Mit klopfendem Herzen und Dragans Ausweis-Chip fährt sie wieder in die Tiefe. Mit der linken Hand prüft Mila, ob sie die drei USB-Chips in ihrer Brusttasche spürt. Vor der Glastür des Serverraumes holt sie den Ausweis-Chip ihres Kollegen aus der Hosentasche und hält ihn gegen das Display. Es piept und ein grünes Licht blinkt zweimal auf: »Eintritt gewährt, Dragan Đorđević.« Vorsichtig öffnet sie die Tür. Ihr Herz pocht. Sie bewegt sich wie auf dünnem Eis. Weder am Türrahmen noch anderswo entdeckt sie Bewegungsmelder. Nicht einmal sichtbare Kameras. Auch kann sie keine Öffnungssensoren an den Serverrack-Türen entdecken. Die Server surren friedlich und blinkend in ihren Glassärgen. Langsam schreitet sie den gut zwanzig Meter tiefen Raum ab. An jeder Serverrack-Tür sind kryptische Codes angebracht: TS-Z-DE-3479, AP24KLIM oder LINIX-13P. Als sie fast am Ende angekommen ist, entdeckt sie die Codierung: SKALV1A. Direkt daneben SKALV1B und am Ende SKALV2. Überfordert blickt sie auf ihre drei USB-Sticks. Wie gerne würde sie jetzt Samira neben sich haben. Genauso gut weiß sie, dass sie das nicht ein weiteres Mal durchstehen und der Tausch des Ausweis-Chips wohl spätestens morgen auffallen würde. Mila beschließt, bis kurz vor Dienstschluss zu warten. Um 5:50 Uhr betritt sie den Serverraum und öffnet die SKALV1A-Tür. Bei dem fahlen Licht kann sie kaum etwas erkennen. Sie holt ihr Handy aus der Tasche und schaltet dessen Taschenlampe an. Sie entdeckt lediglich einen USB-Slot. Nach kurzer Überlegung steckt sie den grün markierten USB-Stick hinein. Dieser blinkt einmal kurz auf. Er hat sich verbunden. Weiter passiert nichts. Wurde der Trojaner überspielt? Sie zieht den grünen USB heraus und verstaut ihn in der Brusttasche. Unsicher betrachtet sie die anderen beiden USBs. Kurzerhand öffnet sie SKALV1B und SKALV2 und steckt die gelb und rot markierten USBs ein. Gelb blinkt. Rot nicht. Sollte sie vielleicht besser den grünen bei SKALV2 probieren? Oder hat sie in ihrer Aufregung das Blinken übersehen? Sie schaut auf ihr Handy. Es wird Zeit. Dienstschluss. Auch die beiden USBs landen wieder in ihrer Brusttasche. Vorsichtig schließt sie die Türen und wischt ihre Fingerabdrücke mit dem Ärmel weg. Bemüht ruhigen Schrittes balanciert sie zurück in den Vorraum. Sie atmet tief durch, richtet ihr Hemd und spricht zu sich selbst: »Ganz ruhig jetzt, Mila. Du kannst das. Alles ist in Ordnung.« Ein letztes Mal ausatmen, sodann fährt sie nach oben. Im Erdgeschoss wartet Dragan schon auf sie.

»Da bist du ja endlich. Ich muss pissen. Wartest du kurz, dann können wir noch eine Abschiedszigarette rauchen? Quasi die Kippe danach«, witzelt er.

Mila geht nicht auf seine Anzüglichkeiten ein. Dragan verschwindet in der Toilette. Ihre Augen fixieren Dragans Bomberjacke, die über einem Bürostuhl hängt. Das ist ihre Chance. In der rechten Tasche steckt seine halb leere Kippenschachtel und in der linken findet sie ihren Chip-Ausweis. Schnell tauscht sie die Ausweise zurück, als die Klotür aufspringt und Dragan heraustritt.

Vor der Tür stecken sie sich eine Drina an. Selten hat eine Zigarette so gut geschmeckt wie diese, denkt Mila. Auf dem Weg nach draußen trifft sie Slawo, der gerade seinen Tagesdienst antritt. »Na, wie war die erste Nacht im Bunker? Lief's glatt?«

»Das kann man so sagen.« Mila dreht sich um, grinst diabolisch und verschwindet im Hamburger Morgennebel.

16

Mila kündigt gleich am nächsten Tag mit der Ausrede, dass ihr bei der Uni ein Festvertrag angeboten worden sei. Wojtek scheint darüber weder überrascht noch misstrauisch. Für ihn ist es sein täglich Brot. Das Personal für seine schlecht bezahlten Jobs beim Sicherheitsdienst wird ihm größtenteils vom Jobcenter vermittelt. Seine personelle Fluktuation ist entsprechend hoch. Für das Amt ist es primär eine willkommene Gelegenheit, bei einer Kündigung oder Ablehnung das Arbeitslosengeld zu streichen. Laut Mila habe Jule insgeheim schon länger mit einer Kündigung bei der Norddeutschen Zeitung geliebäugelt, sodass sie in den vergangenen Monaten Geld zurückgelegt habe, auf das Mila nunmehr zugreifen könne.

Die kommenden Tage schließen sich Joe und Samira in der Mawe-Zentrale ein, um den Algorithmus des SKALV zu entschlüsseln. Schnell wird klar: Der grüne und der gelbe USB-Stick haben jeweils ihren Trojaner installiert; der rote hingegen nicht. Die Mawe hat nunmehr Zugriff auf SKALV1A und 1B, jedoch nicht auf SKALV2. Es kristallisieren sich die Anzeichen, dass die Partitionen 1A und B für die Datensammlung beziehungsweise für die Analyse und Auswahl der Kriminalprädiktion dienen. SKALV2 ist somit vermutlich für die Ausführung der Verhaftungen verantwortlich. Die beiden Mawe-Informatiker interessieren sich insbesondere für SKALV1B, da sie hoffen, die Auswahlparameter für die vermeintlichen Straftäter zu unseren Gunsten verändern zu können. Im Idealfall wäre es eine Möglichkeit, Jule aus der Schutzhaft zu holen.

Unsere aufrichtige Anerkennung von Milas Leistung schürt ihr Feuer für die Mawe. Gemeinsam mit Flora verfasst sie einen Artikel über soziale Ungerechtigkeit und die damit einhergehende Spaltung der Gesellschaft. Während Mila sich auf die schwindenden Sozialleistungen sowie Steuersenkungen für Spitzenverdiener konzentriert, wagt Flora sich weiter aus ihrer kooperativen Deckung, indem sie die Leistungserweiterungen in den Krankenhäusern für Privatpatienten kritisiert. Gemäß den Plänen des Gesundheitsministers sollen Kassenpatienten »zukünftig schnell und unkompliziert von einer KI online beraten werden« statt von erfahrenen Ärzten vor Ort.

Gerade lade ich den lektorierten Artikel auf unserem Blog hoch, als Samiras Handy vibriert. Es ist eine E-Mail von Musa. Er habe in Lucknow einen pakistanischen Geschäftsmann kennengelernt. Er sei ein schwerreicher Textil-Mogul und glühender Patriot aus Faisalabad namens Tariq Nasir Hussain. Im Internet habe er auf der Webseite *free-kashmir.pk* über die Pläne der Inder gelesen, Gilgit-Baltistan zu besetzen. Nebenbei habe er zu Musa geäußert, dass solch investigative Journalisten für ihre Arbeit honoriert oder vielmehr *fürstlich entlohnt* werden müssten. Seine Nachricht endet mit der Frage, ob wir nicht zu dem Thema recherchiert hätten?

»Hast du Musa etwa von unserem Artikel oder Blog berichtet?«, fragt Joe. Samira fühlt sich ertappt und lässt durchblicken, dass sie die grundlegende Recherchearbeit zu dem Thema erwähnt haben könnte.

»Das war ziemlich unvorsichtig von dir! Unser Blog ist nicht ohne Grund anonym und nur im Darknet aufzufinden. Vertrauen hin oder her!«

Während Joe und Samira sich streiten, gebe ich die Internetadresse *free-kashmir.pk* in mein Handy ein. Gemäß dem Impressum ist es die Seite einer lokalen NGO. Sie ist, laut Online-Übersetzer, auf Urdu verfasst. Der übersetzte Inhalt gleicht nahezu eins zu eins der Meldung, die wir über unseren Blog veröffentlicht haben. Als ich die beiden darauf hinweise, endet ihr Wortgefecht und ihre Köpfe drehen sich wie an einer Schnur gezogen zu mir um.

»*Wir* sind die Urheber dieser Nachricht. Oder anderes ausgedruckt: *Wir* sind die investigativen Journalisten, die *fürstlich entlohnt* werden müssten.«

Samira stürzt sich auf ihr Handy.

»Was machst du da?!« Joe drückt die Hand auf ihr Mobiltelefon.

»Na, Musa mitteilen, dass wir die Urheber sind.«

»Bitte nichts überstürzen! Wissen wir überhaupt, ob die Nachricht wirklich von Musa stammt?«

»Joe, ernsthaft – jetzt wirst du aber paranoid.«

»Bin ich das? Schon mal von *Social Engineering* gehört? Das ist eine Praxis, die Menschen, in dem Fall Musa, geschickt manipuliert, um sensible Informationen offenzulegen. Oder wie wär's mit *Mail-Harvesting*? Ich könnte sogleich einen Trojaner programmieren, der Samiras E-Mail-Inhalte ausliest, entsprechende Absenderdaten sammelt und anhand dessen fingierte Mails verschickt.«

»Das glaube ich nicht. Ich meine, das kann ich mir nicht vorstellen«, überlegt Samira.

»Joes Einwand scheint nicht ganz unberechtigt zu sein. Samira, ruf Musa doch einfach an und frag ihn, ob er dir kürzlich eine Mail gesandt hat.«

»Ein auditives *Live-Deepfake* von Musa könnte ihn am Telefon leicht kopieren.«

»Joe, ernsthaft! Jetzt komm mal runter. Du leidest ja unter Wahnvorstellungen«, kontert Samira.

»Warum es darauf ankommen lassen?«, beginne ich, »Ruf ihn einfach an und frage ihn etwas, was nur er wissen kann. Beispielsweise aus eurer Zeit in Nairobi.«

Joe wirkt zufrieden und reckt den Daumen nach oben. Samira sucht noch einmal den Augenkontakt zu uns, dann greift sie zum Handy. Musa ist erst nach dem sechsten Klingeln in der Leitung und beginnt ohne Begrüßung. »Dass ich nicht gerade ein Nachtmensch bin, solltest du wissen.«

»Ach, sorry, du bist ja in Indien. Hab' gar nicht an die Zeitverschiebung gedacht. Ist ohnehin nur ganz kurz. Ich bin gerade mit einer kenianischen Freundin unterwegs und ich hatte nur überlegt, was wir damals im Mawimbi Restaurant gegessen haben.«

»Und deshalb rufst du mich an? Egal, es war ein feines Fischrestaurant, aber du bestandest trotzdem auf veganem Essen: *Ugali sukuma wiki*. Der Kellner musste extra in der Küche nachfragen, ob sie für dich ausnahmsweise Maisbrei mit Spinat anbieten können.«

Samira ist das Gespräch sichtlich unangenehm, dennoch gibt sie uns klar zu verstehen, dass es sich genau so abgespielt hat. Ich fordere sie mit Handzeichen auf, ihm die E-Mail-Frage zu stellen. Sie hält sich kurz die Hand vor die Augen und atmet tief durch.

»Danke. Genauso war's. Das kochen wir uns heute auch. Und danke für deine Mail von heute.«

»Was für eine Mail?« Samiras Mundwinkel versteinern.

»Du hast mir heute keine Mail geschickt?«

»Nein, davon wüsste ich doch. Ich war heute den ganzen Tag in Bangalore bei Geschäftspartnern.«

»War da auch ein gewisser Tariq Nasir Hussain?«

»Tariq wer?«

»Nasir Hussain.«

»Ist das dieser Pakistani, dem die ganzen Textilfabriken gehören? Was hab' ich mit dem zu tun? Ist doch gar nicht meine Branche. Was stellst du für eigenartige Fragen? Bist du krank?«

Samira schüttelt sich einmal kurz, dann sprudelt es lachend aus ihr heraus: »Wir haben heute wohl schon ein paar Sektchen zu viel getrunken. Tut mir leid. Hab' da was verwechselt. Jetzt will ich dich gar nicht länger aufhalten. Gute Nacht, *Habibi.*« Entsetzt über sich selbst schüttelt sie ihren Kopf. Fast angewidert legt sie ihr Handy mit den Fingerspitzen auf ihren Schreibtisch. Dann krümmt sie sich auf ihrem Stuhl zusammen, schlägt die Hände vors Gesicht und verfällt in die Anfänge eines arabischen Bittgebets ihrer marokkanischen Kindheit.

»*Astaghfirullah,* ich bitte um Vergebung. Mein Gott, das war schlimm. Das war wirklich schlimm. Ich hab' mich gerade zu Tode blamiert.«

Kurz halten wir inne. Während ich mitfühlend ihren Rücken streichle, holt uns Joe zurück in die Realität.

»Mag sein, aber deine, nennen wir es, telefonische Kompromittierung war nun einmal das notwendige Zahlungsmittel im Tausch für die Wahrheit.« Joe greift Samiras Hand. »Vermutlich hast du uns gerade vor dem Knast bewahrt. Die Mail kam definitiv nicht von Musa. Und ich habe bereits einen Verdacht, von wem sie kommt.«

17

»Die Wahrheit steckt irgendwo da drinnen.« Joe deutet auf Samiras Monitor, auf dem ein Gewirr aus teils unzusammenhängenden Buchstaben, Satz- und Sonderzeichen zu sehen ist.

»Du meinst, irgendein Algorithmus oder Programm hat uns die Mail geschickt? Möglicherweise SKALV?« Samira schaut mich an wie eine Mutter, die das Gebrabbel ihres Kindes für Außenstehende in Erwachsenensprache übersetzt. Dozierend fährt sie fort »Möglicherweise. Der SKLAV-Algorithmus beruht grundlegend auf sechs Eigenschaften: Eindeutigkeit und Effektivität, Ausführbarkeit, Finitheit, Terminierung, Determiniertheit sowie einem Determinismus.«

Joe bemerkt sofort, dass Samiras Fachjargon bei mir nur noch viele weitere Fragen auslöst. Er sucht nach einer Sprache, die selbst Laien verstehen. »Zunächst ist ein Algorithmus kein Programm. Der Algorithmus ist ein abstraktes Konzept. Er wird in einer natürlichen Sprache geschrieben. Er ist sozusagen die Basis für ein Programm. Etwaige Programme werden hingegen in einer Programmiersprache geschrieben. Bei einer Problemlösung wird also eine bestimmte Eingabe in die zuvor definierte Ausgabe überführt. Um es weiter zu vereinfachen: In SKALV1A steckt der Algorithmus, quasi eine Art Datensammlung, und in SKALV1B arbeitet ein Programm und wertet diese Daten aus.«

»Okay, ich beginne zu verstehen. Möglicherweise hat SKALV die E-Mail-Inhalte von Samira abgefangen, konnte sie aufgrund des codierten Anhanges von

Musa nicht eindeutig zuweisen und hat automatisch eine E-Mail an uns verfasst, um seinen Verdacht zu bestätigen.«

»Möglicherweise. Aber das wissen wir nicht mit Sicherheit. Es ist komplex. Vermutlich werden wir es nie erfahren.«

»Was wir hingegen relativ sicher wissen, ist, dass SKALV1A auch Daten von Jule gesammelt hat. Und SKALV1B hat entschieden, dass sie festgenommen wird?«, hinterfrage ich.

Samira rutscht unruhig auf ihrem Stuhl, da sie augenscheinlich meine Ausführungen verbessern oder konkretisieren möchte. Ein Blickkontakt mit Joe. Sie entscheidet sich für ein diplomatisches »In etwa so« und zeigt auf das Whiteboard.

»Nur um es mir zu visualisieren, habe ich zu Beginn meiner SKALV-Analyse einen einfachen *Python Code* auf das Board geschrieben. Eine Art Denkhilfe.«

Es ist bereits leicht verwischt, doch kann ich es noch recht deutlich lesen:

```
# Assume data contains the Big Data information for a specific person and fne contains the data for FNE person_data = "Person's data from Big Data" fne_data = "FNE's data" marked_data = "X" # Variable to mark data
# Check the condition if person_data != fne_data and person_data != marked_data: print("Suspicious!") else:
print("Not suspicious.")
```

»Ich denke, das verstehe ich in Ansätzen. Das ist eine bedingte Anweisung im Stile einer simplen Wenn-dann-Komponente. Ähnlich wie bei einem Standard-Tabellenkalkulationsprogramm, was jeder auf seinem Rechner hat. Wenn Jules Daten ungleich zu dem FNE-Konzept sind, dann schlage die Person zur Verhaftung vor. Aber was soll das X in dieser Formel? Es ist unterstrichen.«

Samira steht auf und tippt auf die markierte Stelle. »Genau das ist unsere Idee, um Jule aus der Vorbeugehaft zu befreien. Wir ergänzen die Codierung um eine weitere Wenn-Bedingung. Sollte uns das gelingen, wird eine Person nur als Verdachtsfall eingestuft, wenn ihr Datensatz ungleich zu den FNE-Daten ist *und* keine Markierung trägt. Das heißt, wir suchen Jules Daten in SKALV1A und markieren ihre Daten; in dem Fall mit einem X. Nach unserer Vorstellung sollte SKALV1B ihre Daten schlussendlich als unverdächtig markieren.«

Joe klatscht anerkennend in die Hände. »Du bist eine echte *Ada Lovelace*.«

Samira verbeugt sich theatralisch. Auf meinen fragenden Blick, wer diese Ada Lovelace denn sei, murmelt Joe mir beiläufig zu: »Weltweit die erste Computerprogrammiererin. Sie erkannte, dass eine Maschine mehr als nur Zahlen verarbeiten könne.«

Plötzlich springt Joe auf, schnappt sich einen roten Filzstift und umkreist die Wortkombination »`person_data`«. »Das klingt aber einfacher, als es ist. Jetzt, wo wir die nötigen Zugänge haben, ist eine Wenn-dann-

Komponente zu ergänzen zwar relativ leicht, doch stellt es uns vor eine Herausforderung, Jules Daten exakt zu lokalisieren und punktuell zu markieren. Noch ist es das sprichwörtliche Suchen einer Nadel im Heuhaufen. Eine wahre Herkulesaufgabe.«

»Eine Herkulesaufgabe, sagst du?« Urplötzlich sprudeln die Heldensagen der griechischen Mythologie aus meiner philosophischen Studienzeit über die klassische Philologie wieder an meine geistige Oberfläche. »Die Strafen Heras für Herkules, da er seine Familie tötete«, flüstere ich vor mich hin. Zwei fragende Augenpaare starren mich skeptisch an; wie Professorenblicke, die einen wenig zielführenden Beitrag eines Studenten anschließend irgendwie pädagogisch verarbeiten müssen. »Na, die zwölf Aufgaben, die Herkules von König Eurystheus von Tiryns auferlegt wurden. Der Nemeische Löwe, die Lernäische Hydra oder die Gefangennahme des Kerberos. Nie davon gehört?«

Kopfschütteln.

»Es waren allesamt Aufgaben, die unter normalen Umständen als unlösbar galten. Mit einer List und viel Geschick löste Herkules letztlich alle zwölf Aufgaben. Die Ställe des Königs Augias sagen euch vermutlich nichts, oder?«

Abermaliges Kopfschütteln.

»Die Augias Ställe waren gigantisch groß. Herkules sollte sie reinigen. Und das an einem einzigen Tag! Ein schier unmögliches Unterfangen. Doch anstatt sie eigenhändig zu reinigen, lenkte er zwei Flüsse um, die letztlich durch die Ställe flossen. Sie waren im

Handumdrehen gereinigt. Kurz: Nicht selbst arbeiten, sondern arbeiten lassen.«

»Du meinst, wir sollten einen Fluss programmieren, der die FNE-Ställe durchspült, um letztlich Jules Daten an die Oberfläche zu treiben?«

»Ja, so ungefähr«, ermutige ich. Samira nimmt Joe den Filzstift aus der Hand und beginnt, hektisch aufs Board zu kritzeln: *Partionierung/Chunking/Indizes/ Hashing/Parallelisierung/Caching/Boyer-Moore/Stri* …

Ihre Schrift wird mit jedem Begriff unleserlicher, bis ich kaum mehr etwas entziffern kann. Joe hingegen steigt begeistert mit ein. Beide Informatiker ereifern sich. Immer mehr Pfeile, Codes und Zahlenwerte reihen sich in roter Farbe auf weißem Untergrund. Zurück auf meinem Stuhl schrumpfe ich von einem Altphilologie-Professor zu einem unbegabten IT-Studenten. Samira bindet mich nach einigen Minuten wieder mit ein.

»Der FNE-Algorithmus basiert auf einer natürlichen Sprache. Wir nutzen das textbasierte *String-Matching* von SKALV gegen SKALV selbst. Der stete FNE-Fluss hat Jules Daten aus Big Data schon einmal selektiert und abgelegt. Wir füttern diesen Fluss mit allen Daten, die wir von Jule zur Verfügung haben. Je mehr, desto besser. Sie muss buchstäblich einzigartig werden, um sich von allen anderen Daten zu unterscheiden.«

»Bei *einer* Nadel im Heuhaufen wäre das relativ leicht«, gibt Joe zu bedenken. »Selektiere die Rohstoffe nach Stahl und Stroh. Fertig. Aber so leicht ist das hier natürlich nicht. Es gibt unzählige Variablen und der Heuhaufen dürfte die Ausmaße des Himalajas haben. Vergleichbar mit der Suche eines einzelnen Sandkornes in der Wüste.«

»Je feiner wir justieren, umso schneller und präziser wird ›unser Fluss‹ die FNE-Ställe durchspülen, um es mythologisch auszudrücken.«

»Und wenn wir sie lokalisiert haben, wird sie markiert, damit die zuvor eingefügte Wenn-dann-Komponente greift, richtig!? Und wie geht's weiter?«

»Wenn das alles gelingt, sollte SKALV1B seinen ›Fehler‹ korrigieren, einen entsprechenden Befehl an SKALV2 auslösen und Jule kommt frei.«

Joe schaut mahnend zu Samira. »Nach deinem Anruf bei Musa wissen wir, dass wir sehr wahrscheinlich schon auf einer Vorstufe eines Verdachtsfalls bei SKALV stehen. Die ganze Operation muss möglichst geräuschlos geschehen.«

Wir drei wirken zwar wieder etwas hoffnungsvoller, jedoch nicht hundertprozentig überzeugt. »Haben wir denn einen Alternativplan?«, frage ich.

»Nicht wirklich. Samira und ich werden ein Programm schreiben, dass den bestehenden FNE-Datenfluss zwingt, erneut nach Jule zu suchen. Du interviewst Mila und stellst uns tabellarisch eine Liste von personenbezogen Attributen zusammen.«

Samira klatscht aufmunternd in die Hände. »*Yallah*, an die Arbeit!«

18

Im Treppenhaus angekommen, drehe ich gähnend den Schlüssel im Schloss. Geräuschlos schließe ich die Haustür und schleiche zum Schlafzimmer. Dort liegt sie. Meine friedlich schlummernde Flora. Ich lehne mich an den Türrahmen und beobachte, wie sie meine Decke zu einem Daunenhügel aufgetürmt hat, den sie liebevoll umklammert. Ihr rechtes Bein zuckt. Wie immer, wenn sie intensiv träumt. Sanft lege ich mich zu ihr. Ohne dass sie erwacht, rückt sie an mich heran und versinkt in meinem Arm. Ich küsse ihre Stirn und empfange von Flora ein tiefes Ein- und Ausatmen, was sogleich wieder abflacht. Ich passe mich unterbewusst ihrer Atmung an und falle in einen tiefen Schlaf.

Am kommenden Morgen koche ich uns eine Kanne grünen Tee mit Zitronengras und Blütenhonig. Wir lehnen, in Decken gehüllt, an der Polsterwand des Bettes und schlürfen entspannt an unseren Teetassen. »Das hat mir gefehlt.«

»*Du* hast mir gefehlt, Flora.«

Sie richtet sich etwas auf, um sich meine Entschuldigung anzuhören.

»Wir hatten in den vergangenen Wochen kaum mehr Zeit füreinander. Ich war so in meine Arbeit für die Mawe vertieft … Es tut mir leid.«

»Schon okay, mir tut es gleichfalls leid. Ich war allzu sehr mit meiner Karriere beschäftigt. Das Angebot von Professor Schwarzbach, mir die Position als Oberärztin in Aussicht zu stellen, hat meinen Blick für das Wesentliche getrübt.«

»Das Wesentliche?«

»Na, der Kriegsbeginn in Gilgit-Baltistan. Das sind *unsere* Roboter, die dort morden. Eine ursprünglich medizinische Robotertechnik, die eigentlich Leben retten sollte, statt zu töten und zu zerstören.«

Schweigen. Keine Vorwürfe. Kein »Ich hab's dir doch gesagt!«. Stattdessen streichele ich ihre Hand. »Du hast dennoch viel erreicht. Zum einen hast du den Deal mit den Indern über unseren Blog veröffentlicht und damit die Wahrheit ans Licht gebracht, wenn auch nur für einen erlesenen Kreis. Zum anderen haben die Impfstoffe unser aller Leben erleichtert. Und natürlich viele Leben gerettet.«

»Dafür sterben die Menschen jetzt im Kaschmir. Ist es das wirklich wert? Ich habe das Gefühl, wenn ich etwas zum Positiven verändere, dann immer zulasten anderer. Ich verändere die Welt nicht zu einem besseren Ort, nein, ich vergrößere lediglich das Ungleichgewicht. Die Grundmaxime *Unser Land zuerst* schadet letztlich der gesamten Welt. Wenn ich diesen globalen Egoismus mal im Kleinen denke, merke ich doch, dass es sich für alle nachteilig auswirkt. Ich würde mich niemals vorn in eine Schlange auf dem Wochenmarkt einreihen und brüllen: *Ich bin zuerst dran! Nur mir gehört das gesamte Gemüse.* Schließlich wüsste ich ja genau, dass alle anderen damit leer ausgingen. Zudem würde mir diese Ich-Bezogenheit langfristig selbst schaden, denn beim nächsten Einkauf könnte ich weiter hinten in der Schlange stehen und bekäme nichts mehr ab, wenn sich jemand anders vordrängelte. Niemand kann wollen, dass dieses eigennützige Verhalten ein allgemeingültiges Prinzip wird.«

»Bis auf Ayn Rand und ihre Anhänger mit Sicherheit nicht.«

»Wer?«

»Eine russisch-amerikanische Schriftstellerin. Sie war die radikalere Version von Adam Smith – dem geistigen Vater der freien Marktwirtschaft. Ihre Schriften predigen einen rationalen Egoismus, weil sie der Ansicht war, dass das individuelle Eigeninteresse die moralische Basis für menschliches Handeln sei. Sie hält solch einen Laissez-faire-Kapitalismus ohne staatliche Kontrolle für die beste aller Ordnungen. Wenig verwunderlich sind ihre Leser vornehmlich libertäre und schwerreiche Geschäftsleute.«

»Hm, das erinnert mich an unsere neue Krankenhausführung. Sie agiert so egoistisch und kurzsichtig. Überhaupt ist *alles* so politisch geworden.«

»Alles?«, hinterfrage ich fast ängstlich, da ich befürchte, sie könne unsere Beziehung meinen.

»Ach, ich weiß nicht, wo ich anfangen soll. Gestern Abend war ich beispielsweise mit einer Kollegin im Theater.«

»In welchem?«

»Im Staatstheater natürlich. Bleibt einem ja kaum mehr eine Alternative. Wie du weißt, wurden die meisten freien Theater und privaten Schauspielhäuser von der FNE verstaatlicht oder werden nicht mehr subventioniert, was einem Bankrott gleichkommt.

Die Intendanzen sind durch Staatskommissare ersetzt und das Programm entsprechend parteilinientreu.«

»All jenes, was nicht einer *deutschen Ästhetik* entspricht, verliert vom nationalen Kulturrat seine Förderung. Wer auf finanzielle Mittel hofft, fesselt sich an eine Selbstzensur. Das Theater als kritisches Korrektiv ist damit von gestern. Man beißt schließlich nicht die Hand, die einen füttert. Dieses Prinzip zieht sich leider wie ein roter Faden durch die gesamte Kulturszene. Aber das wusstest du doch vorher. Warum bist du dann trotzdem ins Staatstheater gegangen?«

»Ja, schon, aber zumindest die Hoffnung auf eine Kritik zwischen den Zeilen stirbt bei mir zuletzt. Schließlich wurde ein Stück von Virginia Woolf aufgeführt. Neben Simone de Beauvoir eine der einflussreichsten feministischen Autorinnen des zwanzigsten Jahrhunderts. Von Woolf wurde ein fast vergessenes Theaterstück namens *Freshwater* aufgeführt. Ihr Stück ist zwar eine subtile, indes spöttische Abrechnung mit den Zwängen des viktorianischen Zeitalters, unter dem die Schriftstellerin selbst zu leiden hatte.«

»Ach, du meinst die üblichen gesellschaftlichen Zwänge für Frauen: heiraten, Kinder gebären und aufziehen, Hausarbeit, sich unterordnen und dabei stets dem Ehemann gefallen. Die Kritik an diesem scheinbaren Lebensglück ist dem Staatskommissar wohl entgangen?«

»Sagen wir es so – den Bechdel-Test würde das Stück mit Sicherheit nicht erfüllen.«

»Was ist das für ein Test?«

»Ein *Mann* weiß nicht, was der Bechdel-Test ist. Wenig verwunderlich, denn wird der Test auf männliche Charaktere angewandt, dann bestehen nahezu einhundert Prozent der Theaterstücke und Filme diesen Test.«

»Kläre mich auf.«

»Der Test ist relativ simpel, indem er bei der Analyse des Stücks schlichtweg vier Fragen stellt: Gibt es mindestens zwei Frauenrollen? Sprechen sie miteinander? Unterhalten sie sich über etwas anderes als einen Mann? Haben diese Frauen überhaupt einen Namen? Du wirst es kaum glauben, aber weniger als die Hälfte der Filme als auch der Theaterstücke erfüllen diesen einfachen Tatbestand. Tendenz dramatisch sinkend. Zahlreiche Künstlerinnen haben diese Entwicklung längst erkannt und unser Land verlassen, was die Qualität der Stücke zusätzlich mindert.«

»Darüber habe ich in der Form noch nie nachgedacht. Aber jetzt, wo du es sagst.« Ich kratze mich am Kinn und werfe meine Stirn in Falten. »Vor Kurzem las ich erneut eines meiner Lieblingsjugendbücher: Hermann Hesses ›Glasperlenspiel‹. Das Werk folgt im narrativen Sinne streng dem Prinzip der hegelschen Dialektik, die auf der Aufhebung und Vereinigung von Widersprüchen basiert.

Dieser transzendierende Prozess zu einer höheren Perspektive im Stile eines klassischen Bildungsromans ist jedoch ausschließlich den Männern vorbehalten. Frauen spielen in dem Buch nicht einmal eine

Nebenrolle, was eine Synthese der Geschlechter a priori ausschließt. Erstaunlicherweise gibt es nicht einen einzigen weiblichen Charakter. Geschweige denn eine Gelehrte oder sonstige höhere Instanz. Frauen werden auf über sechshundert Seiten vollständig sowohl aus der weltlichen als auch der geistigen Sphäre ausgeschlossen. Trotz der philosophischen Tiefe, bildhaften Allegorien und sprachlichen Schönheit wird die Möglichkeit verpasst, eine intellektuelle und spirituelle Entwicklung als eine umfassende, integrative Erfahrung zwischen Mann und Frau darzustellen.«

»Oha, bravo, mein Liebster! Treffend beobachtet. Mit dieser Lesart solltest du erst einmal die Werke von Jules Verne, Joseph Conrad oder Hemingway lesen. Doch auch nach Virginia Woolfs Theaterstück höre ich schon wieder die beschwichtigende Stimme des Staatskommissars, wonach die Abwesenheit weiblicher Charaktere doch wohl eher als ein wahrheitsgetreues Abbild der jeweiligen gesellschaftlichen Realität verstanden werden müsse. Bla, bla, bla! Jedenfalls glich ihr Stück eher einer Hommage an die *Neue Rolle der deutschen Mutter*. Wundert mich keineswegs, dass Jule den Artikel in der Norddeutschen nicht unter ihrem Namen veröffentlichen wollte.«

»Apropos Jule.«

Ich schenke Flora Tee nach und berichtete en détail über die Erkenntnisse und Fortschritte der Mawe. Am Ende meines Monologs frage ich Flora, ob sie mir helfen möchte, Mila zu interviewen, um möglichst viele Informationen über Jule zu erfahren, die wir danach an Samira und Joe weiterleiten können. Flora ist sofort einverstanden. Wir verabreden uns mit Mila und laden sie zu uns auf den Balkon zum Frühstücken ein.

19

Samira und Joe sind in ihrem Element. Während Samira Jules zusammengestellte Daten aufbereitet, programmiert Joe zwei weitere Trojaner. Mila möchte noch einmal genau wissen, was jetzt geschieht.

»Unser erster Trojaner hat ein großes Bündel von Jules Daten im Gepäck. Dieses Gepäck ist, dank eurer Arbeit, buchstäblich einzigartig. In etwa wie ein Puzzleteil, das nur an einem bestimmten Platz ins Gesamtbild passt. Er ist so programmiert, dass SKALV erneut nach Jules Puzzleteil sucht, um es am Ende zu markieren. Der zweite Trojaner verändert die Wenn-dann-Komponente des SKALV-Algorithmus, sodass markierte Verdachtsfälle nicht mehr erfasst werden. So die Theorie.«

»Bedeutet konkret in der Praxis?«, hinterfragt Mila.

»Wenn alles nach Plan verläuft, sollte Jules Fall einen Fehler im System verursachen, den SKALV mit einer Freilassung deiner Frau korrigiert.«

»Und wann geht's los?«

»Ich habe die Trojaner bereits über ein SFT-Protokoll auf SKALV hochgeladen. Wir sind via SSH auf dem Server eingeloggt.«

Mila legt die Stirn in Falten.

»Musst du nicht verstehen.« Joe tippt mit dem Finger auf ein Verzeichnis seines Monitors, wo die Trojaner abgelegt sind. »Wichtig ist: Drückst du jetzt auf die Return-Taste, dann wird das Skript aktiviert und die Trojaner befreien deine Frau.«

»Insch'allah«, ergänzt Samira.

»Gott hat damit nichts zu tun. Mila, bitte.«

Mit zittrigem Zeigefinger fährt Milas Finger über Joes Tastatur und drückt auf Enter. »Proszę, drogi Boże[14]«, flüstert Mila. Mila ist so wenig eine gläubige Christin wie Samira eine korantreue Muslima, doch in dem Fall geht auch sie auf Nummer sicher. Samira erahnt Milas Kurzgebet und nimmt sie in den Arm. »Alles wird gut.«

Joe prüft den SKALV-Algorithmus.

»Das sind schon mal gute Nachrichten. Die Wenn-dann-Komponente wurde erfolgreich gesetzt. Jetzt kommt es darauf an, wie einzigartig wir Jules Puzzle teil konzipiert haben. Die Suche läuft jedenfalls …«

Um uns etwas abzulenken, verabreden wir uns am kommenden Abend zu einem gemeinsamen Essen. Flora reserviert einen Tisch in einem Séparée der *Trattoria Su e Giú.* »Ausnahmsweise darfst du heute Abend dabei sein, wenn ich mit deiner Frau zu ihrem Lieblingsitaliener gehe«, neckt mich Joe.

Samira beginnt lauthals zu lachen und küsst mich mit einem lauten Schmatzer auf die Wange. Auch Flora hat Mühe, ihren Vino Nero d'Avola nicht über die Tischdecke zu prusten. Mila hingegen nestelt mit versteinerter Miene an ihrer Serviette, als plötzlich ihr Handy klingelt.

»Unbekannte Nummer«, stellt sie fest.

»Nun geh' schon ran«, motiviere ich sie.

Am Ende der Leitung meldet sich eine Frauenstimme. Mila stockt der Atem. Es ist Jule. Joe springt auf,

---

[14] »Bitte, lieber Gott« (polnisch)

schließt die Tür des Séparées und bittet Mila, ihr Handy auf Laut zu stellen. Man könnte eine Stecknadel fallen hören, als Jules Stimme blechern aus dem Handylautsprecher hallt.

»Ich sitze in der JVA Hasand. Also nicht direkt, sondern auf einer Nachbarinsel in der Elbe. Auf Neßsand. Da die Gefängnisse überfüllt sind, haben sie in das hiesige Naturschutzgebiet eine provisorische Vorbeugehaftanstalt aus dem Boden gestampft. Aufgrund der starken Strömungen besteht keine Fluchtgefahr, sodass wir uns auf dem Eiland relativ frei bewegen können. Zumindest außerhalb der Schließzeiten. Der schmale Küstenstreifen ist mit NATO-Draht abgesperrt und wird rund um die Uhr von bewaffneten Strafvollzugsbeamten bewacht. Einen hölzernen Wachturm gibt es auch. Das Furchtbarste sind jedoch die Halsbänder.«

Unsanft nimmt Joe Mila das Handy aus der Hand. Mit offenem Mund starrt sie ihn an.

»Jule, hier ist ein Freund von Mila. Bleib bitte einen Moment am Telefon.«

Er leitet Jules Anruf auf sein Handy um, schaltet es auf stumm und skizziert uns, was er vorhat.

»Wir wissen nicht, ob das Telefonat abgehört wird. Um sicherzugehen, dass niemand mithört, läuft während meiner Telefonate stets eine Anti-Spyware im Hintergrund. Sie funktioniert wie ein digital codiertes Wasserzeichen. Während des Gesprächs wird dieses Audio-Wasserzeichen in Echtzeit überwacht. Bleibt es unverändert, ist das ein Hinweis auf eine ungestörte

Leitung. Es prüft mögliche Unregelmäßigkeiten und ungewöhnliche Schwankungen in den Übertragungszeiten. Zudem analysiert es das Frequenzspektrum und die Hintergrundgeräusche der Verbindung. Diese Parameter liefern Hinweise für eine manipulierte Leitung.«

Joe prüft die aufgezeichneten Daten seiner Anti-Spyware.

»Sauber.«

Nun ist es Mila, die Joe sein Handy aus der Hand reißt.

»Jule, was wolltest du sagen? Was sind das für Halsbänder?«

Jule schluchzt. »Ich trage ein enganliegendes Halsband wie ein Hund. Darin ist ein GPS-Tracker eingenäht. Würde das GPS-Signal melden, dass ich mich außerhalb von einem bestimmten Radius aufhalte, dann würde automatisch in meinen Hals ein Stoff namens *Esketamin* in Kombination mit einem Hypnotikum injiziert. Dieses hybride Narkotikum würde binnen Sekunden mein Bewusstsein ausknipsen. Einfach so! Und das Allerschlimmste: Dieser narkotische Impuls kann jederzeit auch manuell per Fernsteuerung von den Wachen ausgelöst werden. Nie im Leben habe ich mich so schutzlos, ausgeliefert und gedemütigt gefühlt. Was ist, wenn nachts ein Wächter in meine Zelle kommt und von mir verlangt …«

»Niech to dunder świśnie[15]«, flucht Mila. Sie ballt derart die Faust, dass das Weiß ihrer Fingerknöchel

[15] »Verdammt nochmal« (polnisch)

hervorstößt. Sie hat sichtlich Mühe, ihre Fassung zu wahren und starrt rastlos durch uns hindurch.

»Das ist furchtbar, Jule. Aber die Wachen müssen sich ja an gewisse Regeln halten«, versuche ich, etwas zu beruhigen.

»Willst du den Charakter eines Menschen erkennen, so gib ihm Macht«, flüstert Joe mehr zu sich selbst, als Jule fortfährt. »Leider habe ich letzte Woche miterleben müssen, wie ein Wächter einen Mitgefangenen *ausknipste*.«

»*Einen* Mitgefangenen? Heißt das, Frauen und Männer werden zusammen inhaftiert?«, poltert es aus Samira heraus.

»Nicht in den Zellen, aber auf dem Gelände, ja. Jedenfalls dachte ein Mithäftling namens Dragan, in einem der Wächter einen alten Arbeitskollegen wiedererkannt zu haben und wollte ihn umarmen. Da ist der Wächter völlig durchgedreht und hat sein Halsband aktiviert. Die Injektion hat derart schnell gewirkt, dass ihm gleich die Beine weggeklappt sind. Als hätte jemand seinen Stecker gezogen.«

Milas Augen blitzen auf. »Was für ein Dragan? Und warum glaubte er, den Wächter zu kennen?«

»Ich kenne Dragan nicht wirklich, hab' nur einmal eine Kippe von ihm geschnorrt. So eine ausländische Marke namens Drena oder Drina oder so ähnlich. Wir haben uns dann beim Rauchen ein wenig verquatscht. Er hat für eine polnische Sicherheitsfirma gearbeitet, die unter anderem das Klimarechenzentrum im Uni-Viertel bewacht, doch eines Tages – schwups! – wurde er festgenommen. Er weiß nicht einmal, wieso. Angeblich habe er seine Sicherheitskompetenzen missbraucht. So wie ihm geht es hier vielen. Niemand weiß so genau, warum er hier ist. Sie wurden einfach festgenommen. Ohne Anklage. Echt kafkaesk, das Ganze.«

Schlagartig wurde uns bewusst, dass es sich nur um Dragan Đorđević handeln konnte, Milas serbischen Kollegen aus dem Klimarechenzentrum. Und da wir von Milas Tausch von seinem Mitarbeiterchip wissen, ist es für uns ein Leichtes zu schlussfolgern, warum Dragan festgenommen wurde. Joe sucht sogleich den Blickkontakt zu Mila. Sein Zeigefinger schnellt zu seinen Lippen und mahnt sie zu schweigen. Mila versucht einen Themenwechsel.

»Sind die Zellen denn wenigstens sauber und mit wem teilst du sie?«

»Wir sind zu viert in einer Zelle. Schätzungsweise auf gerade einmal zwanzig Quadratmetern. Die anderen drei Frauen sind okay, aber es ist zu eng und wir haben nur ein winziges Fenster. Daher kommt es häufiger zu Streit. Die JVA Hasand ist völlig überlastet seit die FNE die Strafmündigkeit auf zwölf Jahre herabgesetzt hat und das Erwachsenstrafrecht ausnahmslos nach Vollendung des achtzehnten Lebensjahres angewandt wird. Doch auch das erklärt für mich nicht, warum die Gefängnisse aus allen Löchern bersten. Den anderen Mitgefangen geht es nicht anders. Es herrscht eine stete Unruhe.«

»Was meinst du?«

»Allein der Umstand, dass viele Gefangenen nicht wissen, warum sie in Vorbeugehaft genommen worden sind. Ich weiß, alle Knastis behaupten, dass sie unschuldig sind, aber ich habe eine recht gute Menschenkenntnis: Ich sehe es in ihren Augen. Ich glaube ihnen. Und immer wieder diese Gerüchte, die hier kursieren …«

»Welche Gerüchte?«

»Dragans Bekannte leben in der serbischen Provinz Vojvodina. Sie haben ihm erzählt, dass Serbiens Regierung östlich von Novi Sad ein Strafgefangenenlager baut. Sein Onkel ist dort Vorarbeiter. Hier sollen wohl nach geheimen bilateralen Plänen deutsche Gefangene, vornehmlich Muslime, inhaftiert werden; im Gegenzug fördert Deutschland Serbiens EU-Beitritt.«

Ich raufe mir die Haare und möchte am liebsten laut schreien. Flora schüttelt fassungslos den Kopf.

»Ich muss Schluss machen. Gleich ist die Schließung der Zellen. Der Wächter gibt mir bereits Zeichen. Eins noch: Eine Art digitales Strafvollstreckungsgericht hat sich erneut mit meinem Fall beschäftigt. Ich bin morgen zumindest bei der Anstaltsleitung geladen. Warum, weiß ich nicht, doch …«

Ein durchgehender Ton beendet Jules Stimme. Jemand hat das Telefonat jäh unterbrochen. Mila sinkt zurück in ihren Stuhl, greift zum vollen Weinglas und stürzt es in einem Zug herunter.

20

Die Mawe steht buchstäblich geschlossen hinter Mila, als das Motorboot der Wasserschutzpolizei etwas unsanft am Ponton von Blankenese anlegt. Ein Mitarbeiter der Vorbeugehaftanstalt Neßsand hievt uns wortlos an Bord. Den entscheidenden Satz im Gerichtsschreiben hatte Mila ein gutes Dutzend Mal gelesen:

»Aufgrund eines Verfahrensfehlers gemäß Art. 6 (1) EMRK und StPO § 359 (5) entschied das Landgericht Hamburg, die Aufhebung des Urteils qua SKALV-Tech und die Freisprechung der Angeklagten Jule Berg aus der Vorbeugehaft.«

Mit zitternden Knien klammert sich Mila an der stählernen Reling fest, als das Dröhnen der beiden 450-PS-Motoren den Bug des Schiffes aus dem Strom der Elbe katapultiert. Der kühle Fahrtwind durchschneidet die sommerlich-schwüle Hitze. Mit gut fünfzig Stundenkilometern fliegt das Boot über die Wellen und erreicht nach wenigen Minuten den Anleger auf Neßsand. Ein mit blauer Uniform und Kampfstiefel gekleideter Aufseher deutet mit dem Schlagstock auf uns.

»Besuchsrecht nur für Eheleute und Verwandte ersten Grades.« Mila zeigt ihm den Gerichtsbrief und deutet auf ihren Namen. Verächtlich rümpft der Aufseher die Nase. Er reißt ihr förmlich den Brief aus der Hand. »Sind Sie die Schwester oder …«, er macht eine bedeutungsschwangere Pause und schaut Mila herausfordernd an, »der Ehemann von Frau Berg?«

»Ich bin ihre Ehefrau.«

»Ausweis!«

Mila reicht ihm ihren polnischen EU-Ausweis. Langsam nimmt er seine Sonnenbrille ab und tippt damit auf den Ausweis, wobei seine stahlblauen Augen Mila durchbohren. Ohne ein weiteres Wort faltet er den Brief und steckt ihn samt Ausweis in seine Brusttasche. Zwei uniformierte Torposten öffnen den NATO-Draht einen Spalt und der Aufseher verschwindet in einer Baracke. Endlose Minuten verstreichen. Er kehrt zurück, richtet seinen Schritt und knöpft seelenruhig seinen Hosenschlitz zu. »Die darf rein. Ihr nicht. Hier warten.« Der Mann packt Mila am Oberarm und führt sie vorbei am messerscharfen Stacheldraht zu den Gefängniszellen. Ein letztes Mal dreht sie sich zu uns. Wir bemühen uns, optimistisch zu wirken, was uns anscheinend auch gelingt, da Mila uns ein kurzes Lächeln schenkt. Da die Torposten uns weiter inspizieren, erfolgt unser Gedankenaustausch über Schulterzucken und genervten Blickwechseln. Jeder von uns fühlt in etwa das Gleiche: Warum werden wir wie Schwerverbrecher behandelt? Gleichwohl wisse wir, dass Protest die Freilassung von Jule nur unnötig gefährden würde und so schlucken wir unseren Ärger herunter.

Flora beißt sich auf die Unterlippe und drückt meine Hand so fest, als wolle sie darin eine Walnuss zerdrücken. Eine gute halbe Stunde später erkennen wir Mila und Jule, die am Wachhäuschen ein Formular unterschreiben. Als sie folgsam auf uns zumarschieren, möchten wir am liebsten laut schreien vor Freude, doch alle halten sich zurück. Mit geröteten Augen fällt mir Jule in die Arme. Umarmend küsst sie Flora mehrfach auf die Wange. Anschließend stellt sie sich erleichtert Joe und Samira vor. Der Aufseher deutet wortlos auf das Motorboot. Nichts liegt uns ferner, als auch nur eine Sekunde länger auf dieser Gefängnisinsel zu verbringen. Mila streichelt über Jules geröteten Hals, wo sich noch deutlich die Spuren des GPS-Halsbandes abzeichnen. Mit jedem Meter, mit dem sich Neßsand vor unseren Augen entfernt, löst sich allmählich der Knoten in unserer Brust. Die Anspannung fällt mit einem Schlag von uns ab, als Samira urplötzlich die Gischt einer Welle ins Gesicht spritzt. Samira lacht jubelnd im Fahrtwind und kurzerhand steigen wir alle mit ein. Gleich darauf verstummt unser Jubel, denn unser Boot umkurvt zu unserer Verwirrung ein unbewohntes Eiland und manövriert eindeutig nach Süden. Joe ruft in Richtung des verglasten Steuerstands, dass wir zurück ins nördliche Blankenese müssten, doch sein Gesuch prallt am ausdruckslosen Gesicht des Bootsführers ab und verliert sich zwischen Fahrtwind und Motorengeräusch.

Am Anleger des Neuenfelder Sperrwerks heißt uns, die automatisch ausfahrende Gangway das Polizeischiff zu verlassen. Warum uns das Boot auf dem südlichen Hauptdeich absetzt, wissen wir nicht. Wir vermuten bloße Schikane. Es ist uns in diesem Moment auch zweitrangig. Noch einmal umarmen wir uns, fluchen über die Aufseher und beglückwünschen uns zu Jules Befreiung. Joes und Samiras Gesichtszüge hingegen wirken urplötzlich merkwürdig verstört. Unsere Stimmung wandelt sich ebenfalls spürbar, als wir ins Landesinnere blicken. Die Felder der Apfelbauern stehen knietief unter Wasser. Lediglich die Deiche schlängeln sich durch die Wassermassen.

Als das Motorengeräusch unseres Bootes allmählich in der Ferne verstummt, bleibt nichts weiter als – Stille. Vollkommene Stille. Es verleiht der Landschaft etwas Unwirkliches; wie eine Reise durch Zeit und Raum. Nichts bewegt sich. Die Sonne spiegelt sich auf der glatten Wasseroberfläche. Kein Vogel singt. Die Bäume recken karg und leblos ihre Äste zum Himmel. Lediglich hier und dort ein helles Surren. Eine schwarz-weiß gestreifte Mücke setzt sich auf meinen Unterarm. Ich erwische sie mit dem ersten Schlag. Durch den damit einhergehenden Knall ziehe ich die Aufmerksamkeit auf mich. Auch Joe erwischt eine Stechmücke am Nacken. Hinter riesigen Deichen aus Stahl erhebt sich im Osten das Airbus-Werk. Dort starten gerade zwei Transporthubschrauber der Bundeswehr, die wie in einem Kriegsgebiet über unsere Köpfe Richtung Südwesten hinwegrauschen. Unter den Hubschraubern hängen an Seilen befestigte Trichter, die sie schwungvoll über die Wipfel der toten Apfelbäume manövrieren. Weder die Dorf- noch die Deichstraße sind im schlammigen Wasser auszumachen. Lediglich die Bushaltestelle ist zu erkennen. An ihrer Seite wirbt ein unter Glas vergilbtes Plakat der FNE über den Austritt Deutschlands aus dem Pariser Klimaschutzabkommen samt ihrem Landwirtschaftsslogan »Ackern für Deutschland statt Klimahysterie«.

Es ist Hochsommer. Die frühen Apfelsorten wären jetzt reif. Während des Studiums habe ich mir in der Erntezeit auf den Feldern des Alten Landes immer etwas dazuverdient. Per Hand pflückten Kommilitonen und osteuropäische Saisonarbeiter gemeinsam Körbe voller Äpfel. Die Arbeit war hart, aber zu schaffen. Erst als die Erntehelfer aus Osteuropa ausblieben, mussten Ernteroboter eingesetzt werden, sogenannte Rüttler mit breiten Auffangschirmen. Durch den massiven Rückgang der Bienen und Insekten waren Apfelbauern zudem gezwungen, auf Bestäubungsdrohnen zurückzugreifen. Darüber hatten wir zu Beginn in der Norddeutschen Zeitung berichtet, doch über diese Überflutung, diese Wüste aus modderigem Wasser war bis heute kein Wort zu lesen.

Jule stupst mich in die Seite. Ich muss genau hinhören; nun höre ich es auch. Ein leises Motorengeräusch, das langsam aber sicher lauter wird. In einem schmalen Ruderboot nähert sich ein Mann, der in etwa wie ein Imker gekleidet ist, doch Fischreusen in seinem Bug verstaut hat, aus dem es seltsam schlängelt. Er stellt sich als ein ehemaliger Apfelbauer vor, der jetzt in der morastigen Brühe nach Aalen fischt.

»Warum das Netz über Ihrem Kopf?«, möchte Samira wissen. Gerade in dem Moment schlägt sie sich auf den Oberarm, um eine Mücke am Stechen zu hindern.

»Daher«, antwortet der Fischer. Seelenruhig wühlt er in seinem Rucksack und holt eine Sprühflasche mit chinesischen Schriftzeichen heraus. Er wirft sie

Samira zu. »Sprühen Sie sich besser ein.« Auf dem Etikett erkennt sie eine durchgestrichene Stechmücke. Das Einzige, was sie lesen kann, sind die chemischen Inhaltsstoffe »DEET« und »Icaridin«.

»Seit den Überflutungen ist die asiatische Tigermücke bei uns angekommen. Stehendes, warmes Süßwasser. Ein Paradies für deren Larven. Im Rheingebiet überträgt sie bereits die Malaria. Inwiefern sie das hier auch schon tut, möchte ich besser nicht herausfinden.«

Als er endet, reibt Samira sich immer hektischer ein, reicht die Sprühflasche dann aber weiter und zieht sich trotz der Hitze ihren Blazer über.

»Aber warum erfahren wir davon nichts in den Nachrichten?«, fragt Flora. Jule und ich schauen sie mit Erstaunen an, doch es ist Joe, der für uns antwortet.

»Mir ist dieser Umstand bedauerlicherweise bekannt. Die hiesigen Bauern haben das Problem natürlich an das Landwirtschaftsministerium der FNE weitergeleitet. Es war einer dieser Nachrichten, die ich nicht einmal in der zensierten Version an die Medien weitergeben durfte.«

Wie ein dunkler Riss im braunen Elbwasser gräbt sich die Zornesfalte zwischen die Brauen des Apfelbauern. Mit einem stechenden Blick deutet er auf die toten Apfelbäume. »Sie arbeiten für die FNE?« Unvermittelt schlägt er mit der flachen Hand auf die Wasseroberfläche. »Diese Partei hat mir alles genommen!«

Ebenfalls entgeistert von Joes Aussagen schreite ich dennoch ein und versuche zu beschwichtigen. »Es ist wesentlicher komplizierter. Glauben Sie mir für den Moment! Er ist kein Freund der FNE und deren Entscheidungen.«

»Ich verstehe nichts mehr. Ihr steht hier auf dem Deich, mutterseelenallein, wie bestellt und nicht abgeholt. Wer seid ihr denn überhaupt?«

»Wir sind … wir waren Journalisten. Eine Freundin von uns wurde genau deshalb verhaftet; gerade weil sie nicht mit der FNE zusammenarbeiten wollte.« Jule hebt zur Verdeutlichung, dass sie gemeint war, kurz den Arm, als ich fortfahre: »Man hat sie auf Neßsand festgehalten, heute aber entlassen. Wir sind auf Ihrer Seite. Vertrauen Sie mir.«

Als Mila ihm den Entlassungsbrief des Gerichtes zeigt, beruhigt sich der Bauer, verfällt ins Du und bietet uns gar seine Hilfe an. »Wisst ihr denn, wie ihr hier wieder wegkommt?«

Allgemeines Kopfschütteln.

Er deutet auf die eisernen Tore des Airbus-Werkes. »Die Bonzen da drüben, die konnten sich gigantische Fluttore und riesige Deiche aus Stahl und Beton leisten. Wir Apfelbauern haben uns zwar zu einer Solidargemeinschaft zusammengeschlossen, doch für so ein Bauprojekt haben wir natürlich nicht das nötige Kleingeld. Uns hat man hier einfach absaufen lassen. Von der Airbus-Zentrale in Finkenwerder fahren die Angestellten morgens und abends mit einer Fähre zum Nordufer. Wenn ihr wollt, bringe ich euch zum Schiffsableger.«

Dankend nehmen wir das Angebot an. Aufgrund des begrenzten Platzangebotes auf dem Ruderboot und des flachen Wassers teilen wir uns für die kurze Überfahrt in zwei Grüppchen auf. Flora, Jule und Mila fahren zuerst. Als der Bauer nach gut zwanzig Minuten zurückkehrt, rauschen die Helikopter zurück über unsere Köpfe.

»Bti«, gluckst der Bauer.

»Bti?«

»Ein Gift gegen die Tigermücken. Es wird hier großflächig von den Hubschraubern ausgebracht. Es dockt sich an die Rezeptoren der Larven-Zellen an und bringt sie zum Zerplatzen. Bevor das Granulat in den Sümpfen des Alten Landes verteilt wird, muss es noch mit radioaktiver Gammastrahlung sterilisiert werden. Ich bin kein Chemiker, aber das klingt für mich alles andere als gesund. Dennoch muss ich die Aale aus dieser toxischen Brühe auf dem Markt verkaufen. Mir bleibt ja nichts anderes übrig.« Schuldbewusst nestelt er an seinen Reusen, wo sich armdicke Aale winden. Ich klopfe ihm auf die Schulter. Er senkt den Außenborder vorsichtig ins Wasser und wir tuckern schweigend zum Airbus-Ableger.

Zurück an den Hamburger Landungsbrücken trennen sich unsere Wege. Flora fährt Jule und Mila nach Hause, die sich nichts sehnlicher wünschen, als etwas Zeit zu zweit zu verbringen. Joe, Samira und ich fahren in die Mawe-Zentrale, um Kriegsrat zu halten. Kaum haben wir uns gesetzt, da konfrontiere ich Joe mit seinem Wissen um die Überflutung des Alten Landes. »Du hast es also die ganze Zeit gewusst: im

Stich gelassene Apfelbauern. Wassermassen. Eine Naturkatastrophe direkt vor der Haustür. Der Abwurf von Toxinen per Hubschrauber. Vielleicht haben wir bald eine Malaria-Epidemie direkt vor der Haustür – und du hast uns nichts gesagt!?«

Joe ist stets die rationale Besonnenheit in Person, doch dieses Mal explodiert er. »Ihr wisst überhaupt nicht, was ich innerhalb der Partei alles für eine Scheiße mitbekomme. Es werden Einreiseverbote gegen renommierte Klimawissenschaftler, Umweltschützer und kritische Journalisten verhängt. Einst wurden unliebsame Journalisten in politischen Reden als Zersetzungsagenten verunglimpft, jetzt sollen Listen von sogenannten *Nonkonformisten* veröffentlicht werden – samt privater Anschrift. Die gesamte Medien- und Wissenschaftslandschaft ist eine einzige Katastrophe! Die Zensur macht selbst intern nicht mehr halt. Beispielsweise zeigte sich der Agrarminister in einem aufgezeichneten TV-Interview lediglich in Ansätzen besorgt über die Lage der Norddeutschen Bauern. Und was war die Folge? Das Interview wurde nie ausgestrahlt. Stattdessen wurde via Quantencomputertechnik ein erstes Live-Deepfake des Ministers im Fernsehen gesendet. Und niemandem ist es aufgefallen! Doch das ist längst nicht alles.«

Joe redet sich in Rage. »Das Resort für soziale Medien im Bundespresseamt wird massiv ausgebaut. Derzeit werden täglich unzählige Bots installiert und ganze Abteilungen von Trollen beeinflussen die Stimmungslage im Land. Und *dein* GIT-Add-in …«

»*Mein* GIT-Add-In? Das ist das Add-in der Norddeutschen Zeitung, was ich dir aus freien Stücken in der Kohlhaas-Kneipe gezeigt habe!«

»Wie auch immer. Darum geht es gar nicht! Dieses Add-in passt nicht nur im großen Stil die redaktionellen Inhalte der FNE-Ideologie an, sondern ändert inzwischen sogar unkontrolliert die Leserkommentare der Online-Zeitungen. Aus Kritik wird Lob … ach …es ist…«

»Hey, stoppt mal! Was ist denn los mit euch?«, interveniert Samira. Joe und ich stieren wie Jungen nach einer Schulhofschlägerei aneinander vorbei zu Boden. Wie eine Rektorin baut sich Samira vor uns auf. »Schluss damit! Fakt ist: Wir können nicht alle Symptome der FNE-Auswüchse behandeln. Dafür sind wir einfach noch zu wenige. Stimmt ihr mir zu?«

Wir nicken.

»Und jetzt gebt euch die Hand.«

»Samira, ernsthaft?« Ein böser Blick trifft mich unvermittelt und ich strecke Joe meine Hand entgegen.

»Fein gemacht. Schön brav jetzt, Jungs.«

Joe kann sich ein zartes Lächeln nicht verkneifen.

»Wenn die Herren denn wieder so weit wären, sich dem eigentlichen Problem zuzuwenden, dann möchte ich euch gerne etwas zeigen.« Sie gibt in eine Online-Bildersuche die Begriffe »kunst joseph beuys messer pflaster« ein. Auf dem Monitor erscheint ein Messer, um dessen scharfe Klinge ein Pflaster gewickelt ist. »Das ist die Lösung«, präsentiert Samira. Fragend schauen Joe und ich uns an.

»Statt überall nur zu *reagieren*, indem wir Pflaster auf all die Symptome kleben, sollten wir uns um die Ursache – das Messer, also die FNE direkt kümmern. Nicht im Nachhinein die Öffentlichkeit informieren, wenn Unrecht geschieht, sondern Unrecht verhindern, bevor es entsteht. Nicht Jule aus dem Knast holen, sondern verhindern, dass all die Jules hier im Land überhaupt ins Gefängnis kommen.«

»Tja, leichter gesagt als getan.«

»Die FNE ist angeschlagen. Die SKALV-Technologie ist längst kein gut gehütetes Staatsgeheimnis mehr. Die Bevölkerung ist verunsichert aufgrund der willkürlichen Verhaftungen. Bauern und Studenten erheben bereits ihre Stimme. Und der Ausbruch des Kaschmir-Krieges in Gilgit-Baltistan führt man auf illegale Rüstungsexporte aus Deutschland zurück. Die deutschen Roboter wurden sowohl von der EU als auch von den Vereinten Nationen sowie zahlreichen Menschenrechtsinitiativen als *Dual-Use*-Güter eingestuft. Demzufolge dienen sie eindeutig nicht nur zivilen, sondern zusätzlich militärischen Zwecken und unterliegen damit einer Genehmigungspflicht. Daran hat sich Deutschland nicht gehalten. Die Kritik an der FNE wächst überall. Jetzt ist der richtige Zeitpunkt, um zurückzuschlagen!«

21

Kaum waren Samiras Worte verhallt, öffnet sich ein Video-Call auf ihrem Bildschirm. Musas Name leuchtet auf dem Display auf. In Indien müsste es bereits deutlich nach Mitternacht sein. Es ist nur so ein Gefühl, eine Art sechster Sinn, doch ich erwarte keine harmlose Plauderei zwischen Freunden. Samira scheint meine Sorge zu teilen, da sie mich ebenso besorgt wie fragend anblickt. Joe ermutigt sie, den Anruf anzunehmen. Musa erscheint vor uns. Im Hintergrund eine vergilbte Tapete samt einem surrenden Standventilator. Sein Gesicht wird einseitig von einer schwachen Schreibtischlampe beleuchtet. Die Gesichtszüge des Kenianers sind versteinert. Jede Sorgenfalte gleicht einem Spalt in einem Gebirge aus Wut und Trauer.

Als ihm gewahr wird, dass Samira nicht allein ist, zögert er eine Sekunde. Ohne Begrüßung und langer Vorrede kommt er auf den Punkt, wobei seine geröteten Augen ausschließlich Samira fokussieren. Sein ansonsten so weiches und liebevolles ostafrikanisches Englisch wirkt schroff und kalt.

»Meine Schwester ist tot. Sie wurde getötet!«

Wir verfallen in Schockstarre. Samira schlägt die Hände vors Gesicht. Musa speit uns ebenso abschätzig wie mechanisch die Modellbezeichnung eines deutschen Kampfroboters entgegen. »Abgeschlachtet von einem gewissen *Modular Advanced Armed Robotic System.*«

Niemand getraut sich zu atmen, geschweige denn, zu antworten. Auch Musa hat sichtlich Mühe, seinen Gefühlen Herr zu werden. Mit Daumen und Zeigefinger wischt er sich über seine glasig-feuchten Augen. »Samira berichtete mir beiläufig über eure Recherchearbeit zu dem *Combat Robotic Program* der FNE.« Wenn dieser Anruf von Musa ein Deepfake der FNE ist, gleicht unser Schweigen jetzt natürlich einer Bestätigung, was unmittelbar zu unserer Verhaftung führen würde, doch nicht einmal Joe zweifelt an der Glaubwürdigkeit des Absenders. Samiras Hände verkrampfen sich unter dem Sitz. Sie bringt kein einziges Wort heraus.

»Unser aufrichtiges Beileid«, kondoliere ich stellvertretend. Jedem brennt die Frage auf den Nägeln, wie in Gottes Namen ein deutsches Kampfroboterprogramm eine unschuldige Kenianerin exekutieren konnte, aber niemand traut sich zu fragen. Musa spürt unsere Verunsicherung, senkt leicht seinen Kopf und beginnt zu schluchzen. »Jamila arbeitet …arbeitete …«

Ich sehe Samira an, dass sie am liebsten in den Bildschirm springen würde, um ihren Ex-Freund zu trösten. Ihr Blick verrät eine tiefe Sehnsucht, ihn fest in ihre Arme zu schließen. Er wischt sich die Tränen mit seinem Hemdärmel aus dem Gesicht und wagt einen neuen Versuch, in dem er sich seiner Vortragsstimme bedient, die seinem Timbre auf großen Konferenzen seit jeher Sicherheit, Kompetenz und Erfahrung verleiht.

»Jamila war strategische Rohstoffeinkäuferin bei einem marktführenden Unternehmen, das im großen Stil Glaskeramikfelder für Küchen herstellt und weltweit vertreibt. Lithium wird nicht nur für Batterien, sondern selbst für Induktionsherde benötigt. Im Hinduraj-Gebirge des Kaschmirs lagern wohl Millionen Tonnen dieses wertvollen Leichtmetalls. Sie war mit einer ersten nordindischen Delegation in Gilgit-Baltistan, um zunächst zu sondieren, wer sich welche Schürfrechte für mögliche Kooperationen gesichert hat. Das muslimisch-pakistanische Gilgit-Baltistan verfügt nicht nur über wertvolle Metalle, sondern auch über relativ hohe Frischwasserreserven. Im historischen Kontext des Kaschmir-Konfliktes zwischen Indien und Pakistan verfügte sie über das nötige Know-how und Fingerspitzengefühl. Als gebürtige Kenianerin war sie zudem neutral. Sie war prädestiniert für die Aufgabe. Eine polyglotte Diplomatin wie sie im Buche steht, die neben Hindi und Englisch nahezu fließend Urdu spricht. Obendrein kann … konnte sie sich recht passabel in den dardischen Sprachen der Region verständlich machen. Ein Glücksfall für ihr Unternehmen.«

Wieder starrt Musa für einen kurzen Moment am Bildschirm vorbei, räuspert sich und steckt sich eine Zigarette an. »Die hindunationalistische Regierung in Neu-Delhi lässt jedoch nach der Bekanntgabe der Lithium-Funde im Kaschmir jedwedes Fingerspitzengefühl vermissen. Sie bevorzugen die Brechstange, um ihre ›historisch belegten Gebietsansprüche‹ durchzusetzen, wie sie es ausdrücken. Selbstverständlich geht es ausschließlich um wirtschaftliche Macht und territorialen Einfluss. Zunächst war es geplant, in einem ersten Großangriff Myriaden iranischer Kampfdrohnen einzusetzen, um die bergige Region zu unterwerfen. Indien und der Iran sind zwar beide in der BRICS-Union, doch der indischen Führung war es nur allzu bewusst, dass die Iraner niemals Kampfdrohnen für einen Angriff auf ihr muslimisches Nachbarland direkt nach Indien verkaufen würden. Ein derartiger Angriff mit iranischer Waffentechnologie auf das pakistanische Staatsgebiet würde die Region und den Iran selbst nachhaltig destabilisieren. Der kapitale Deal sollte daher geräuschlos über Panrussland abgewickelt werden, das bestmögliche Kontakte nach Teheran pflegt. Allerdings fing der iranische Geheimdienst die Verhandlungsgespräche des indischen Verteidigungsministeriums zwischen Neu-Delhi und Moskau ab. *Verteidigungs*ministerium …« Musa verzieht spöttisch sein Gesicht.

»*Kriegs*ministerium käme der Wahrheit wesentlich näher«, bemerke ich.

»Kriegs- und Wirtschaftsministerium«, ergänzt Joe.

Wie aus einem tagträumerischen Selbstgespräch erwacht Musa und nimmt Joe und mich erstmalig wieder wahr. Er nickt, und fährt fort: »Da die Iraner nicht liefern wollten, kam der Deal mit den deutschen Kampfrobotern zuerst zustande. Im Herbst sind Wahlen in Indien. Zu viele indische Todesopfer senken die Umfragewerte. Der Tod unschuldiger Pakistani im Hindukusch durch unzählige unbemannte Kettenfahrzeuge ist auf dem indischen Subkontinent hingegen weniger wahlentscheidend. Die zuvor großangelegte *Militärübung* im nordindischen Bundesstaat Himachal-Pradesh war natürlich nur ein Vorwand, um die unlängst geplante Invasion im Kaschmir zu starten. Meine Schwester war zu der Zeit auf einer Kaschmir-Exkursion in der südlichen Gultari-Region unterwegs, als der Einmarsch der Kampfpanzer einsetzte. Die KI-gestützten Granatmaschinenwaffen der Kampfroboter verfügen über Vierzig-Millimeter-Granaten. Sie verschießen selbstständig und unkontrolliert dreihundert Schuss pro Minute bei einer Reichweite von knapp zweitausend Metern. Ein Mitarbeiter des Pakistanischen Roten Halbmondes berichtete mir, dass eine Granate vermutlich keine hundert Meter von Jamila eingeschlagen sein muss. Der gusseiserne Körper der Granate ist durch tiefe Rillen vorfragmentiert; er zerfällt bei der Detonation in hunderte Splitter. Einer dieser Splitter zerfetzte ihre Halsschlagader. Sie verblutete binnen Sekunden …«

Samira wendet reflexartig ihre Augen ab und beginnt bitterlich zu weinen. Sie stürzt in meine Arme. Fassungslos kämpfen selbst Joe und ich mit den Tränen, auch wenn wir Jamila nicht kannten. Es ist Joe, der als Erster um Fassung bemüht ist, indem er Musas Anmerkung zu unserer Recherchearbeit aufgreift.

»Es ist richtig, dass die FNE hinter dem *Combat Robotic Program* steckt. Ebenfalls können wir aus erster Hand den Deal mit den Indern bestätigen. Die

FNE trägt somit für den Tod von Jamila eindeutig eine Mitverantwortung.«

Musa saugt Joes Worte auf wie ein trockener Schwamm das Wasser. Sein Blick verfinstert sich voller Entschlossenheit. »Sie sollen für den Tod meiner Schwester bezahlen. Koste es, was es wolle!«

Joe bemüht sich, den aufkeimenden Hass wieder in rationale Bahnen zu lenken. »Bei Sunzi heißt es, dass Kriege zwar letztlich mit Schwertern obsiegt werden, aber es doch der Geist sei, der zunächst die Schwerter gewinnt.«

»Eines dieser repressiven Schwerter, die die FNE gegen die Bevölkerung nutzt, ist das SKALV-System. Du erinnerst dich sicher an deine Mail an uns über diese Künstliche Intelligenz«, ergänze ich Joe, bevor Samira vollendet: »Musa, wir haben einen Weg gefunden, das System gegen die FNE anzuwenden. Zwar nur einmal, mit erheblichem Aufwand und im kleinen Stil, aber dennoch erfolgreich.«

Musa überlegt und wechselt zunächst vom Englischen in eine uns unbekannte Sprache. »Idà kò mọ ìyàtọ̀ láàárín orí alágbẹ̀dẹ àti àwọn orí mìíràn.« Da er nicht damit zu rechnen braucht, dass jemand das Sprichwort der westafrikanischen Yoruba versteht, fügt er die Übersetzung gleich mit an: »*Das Schwert kennt keinen Unterschied zwischen dem Kopf des Schmiedes und anderen Köpfen.* Ich schließe mich euch an und werde der FNE mit ihrem eigenen Schwert den Kopf abschlagen.«

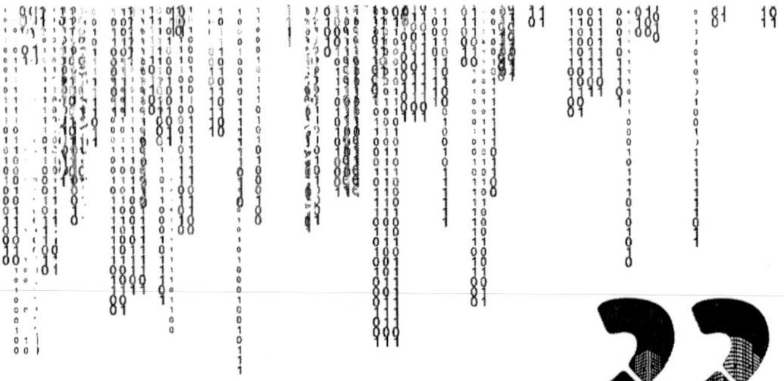

22

Keine Woche später holt Samira die KI-Koryphäe ab. Seine Maschine aus Lucknow landet nach zwei Zwischenstopps im Oman und in München pünktlich auf dem Hamburger Flughafen. Sie schreibt uns, dass Musa lediglich seinen Koffer bei ihr abstellen wolle, um gleich darauf in die Mawe-Zentrale zu kommen. Er möchte keinesfalls Zeit verlieren. Joe und ich können seine Ankunft kaum erwarten. Insbesondere Joe wirkt sichtlich angespannt. Seine Erfahrungen im Kampf gegen SKALV haben ihm sein ganzes Können abverlangt. Er ist rational und selbstkritisch genug, um einzugestehen, dass seine Programmierfähigkeiten für einen Großangriff auf das System zu limitiert ausfallen.

Der Riegel der Brandschutztür öffnet sich. Als Samira und Musa vor uns stehen, bin ich etwas überrascht. Ich kannte Musa nur über die Videotelefonate und habe mir den Kenianer athletischer, eleganter und bedeutend größer vorgestellt. Stattdessen ist er einen halben Kopf kleiner als Samira und leicht untersetzt. Seine äußere Erscheinung in Jeans und schlichtem Polohemd gleicht eher einem Beamten in einer Behörde oder einem Fahrkartenverkäufer in einer Metro-Station als einem gefeierten Genie für Künstliche Intelligenz, das weltweit die Uni-Hörsäle füllt. Seine ebenso wachen wie durchdringenden Augen zeichnen sich hingegen durch eine Klarheit aus, die meinen ersten Eindruck sogleich eines Besseren belehrt. Seinen Scharfsinn bekomme ich als Erster zu spüren, als ob er meine Gedanken gelesen hätte.

»Dass weder meine Physiognomie noch der Stil meiner Kleidung deinen Vorstellungen entspricht, muss dir nicht unangenehm sein. Etwaige Befindlichkeiten stehen hier nicht zur Debatte.«

»Aber ich habe doch nicht gedacht, dass …«

»Psychologische Grundmechanismen lassen sich nur schwer kontrollieren. Wie gesagt: Es muss dir nicht unangenehm sein. Lasst uns am besten gleich zur Sache kommen.« Wie ein Hausherr verweist er uns auf die leeren Stühle und ehe wir uns versehen, sitzen wir wie Schuljungen neben Samira. Ihn umgibt eine Aura aus Führungspersönlichkeit und Kompetenz, die wir von der ersten Sekunde an akzeptieren. Nein, vielmehr wertschätzen.

»Samira hat mir bereits erklärt, wie ihr eure Freundin Jule mittels einer Markierung im SKALV-System aus dem Gefängnis befreien konntet. Gut. Aber diese Markierung exakt zu setzen, war sicherlich aufwendig und entsprechend mit einem hohen zeitlichen Aufwand sowie einem gewissen Risiko des Scheiterns verbunden?«

»So in etwa ließe sich der Prozess beschreiben«, bestätigt Joe.

»Demnach habt ihr lediglich eine partikuläre Schadensbegrenzung auf persönlicher Ebene erreicht«, diagnostiziert Musa im Stile eines Chefarztes, um anschließend eine rhetorische Frage in den Raum zu stellen. »Und habt ihr damit dem SKALV-System in irgendeiner Form geschadet? Es nachhaltig geschwächt? Es partiell oder gänzlich zum Erliegen gebracht?«

Betretenes Schweigen.

»Versteht mich nicht falsch. Euer Einsatz war aller Ehren wert und ich freue mich über die erfolgreiche Befreiung eurer Freundin. Wir müssen aber größer denken!«

Gebannt hängen wir an jeder Silbe seiner Ausführungen.

»In der Woche vor meinem Abflug habe ich mir mit einem Expertenteam meines Vertrauens Gedanken gemacht, wie wir die verantwortlichen Missetäter der FNE mithilfe ihres eigenen Systems bestrafen könnten. Wir haben es die *Operation Katharsis* getauft, welche wir aus Sicherheitsgründen hinter dem globalen Ausdruck *OK* verbergen, dem am meisten gesprochenen und getippten Wort der Welt.«

Musa öffnet den obersten Knopf seines Polohemdes, fokussiert für einen Moment einen Punkt an der Wand, als ob er sich sammeln möchte, um uns anschließend die Grundzüge von OK zu erklären. »Samira hat mir berichtet, dass ihr grundsätzlich wisst, nach welchen Kriterien SKALV in etwa seine Urteile fällt. Wenn wir diese Kriterien mit nur einem Satz zusammenfassen wollen, wird im Grunde jedwedes nonkonforme Verhalten gegenüber der FNE-Doktrin unter Strafe gestellt. Wie wird jedoch dieses subversive Verhalten der Bevölkerung evaluiert?«

Musa erwartet keine Antwort, sondern schreitet vor uns weiter auf und ab, um gleich darauf selbst die Antwort zu liefern: »Mittels holistischer Überwachung! *Michel Foucaults* Machttheorien dürften euch, die ihr einst ein Lyzeum oder höhere Lehranstalt besuchtet, zumindest in Grundzügen geläufig sein.«

Keine Reaktion. Weder von Joe noch von Samira. Wie auf einer Schulbank blickt Samira verstohlen zu mir herüber, da ich ja einst ein geisteswissenschaftliches Studium genoss, doch mit einem kurzen Fingerzeig gebe ich ihr zu verstehen, dass ich es vorziehe, zu schweigen.

»Gegen Ende des achtzehnten Jahrhunderts präsentierte der englische Jurist und Philosoph *Jeremy Bentham* sein Konzept eines panoptischen Baus, bei dem die Zellen derart angeordnet sind, dass sie alle von einem zentralen Raum aus überwacht werden können. Der Insasse ist für den Überwacher permanent sichtbar, während der Beobachter für den Insassen unsichtbar bleibt. Der Insasse kann niemals sicher sein, ob er momentan beobachtet wird oder nicht; allein die Möglichkeit der Überwachung genügt, um eine disziplinierende Wirkung zu erzielen. Auf Grundlage dieses Prinzips wurden im Verlauf des neunzehnten Jahrhunderts zahlreiche Strafanstalten errichtet. Foucault definiert Macht nicht als ein allumfassendes Herrschaftssystem, eine Regierungsgewalt mit institutionellen Strukturen oder eine spezifische Form der Unterwerfung, sondern vielmehr, ich zitiere, *als die Vielfältigkeit von Kräfteverhältnissen, die ein Gebiet bevölkern und organisieren.* Ein zentraler Impuls, um dieses panoptische Machtprinzip zu erreichen – und hier erlaube ich mir ein letztes Zitat aus

Überwachen und Strafen –, ist die ununterbrochene, erschöpfende, allgegenwärtige Überwachung, die imstande ist, alles sichtbar zu machen, sich selbst aber unsichtbar.«

»Die KI-gestützten Kamerasysteme«, platzt es aus mir heraus.

»Schlaues Kerlchen. Wie ihr wisst, stehe ich einem Forschungsteam in Lucknow vor. Wir konzentrieren uns auf den Bereich der Sicherheit von Staaten vor Kriminalität, Terrorismus und vergleichbaren Bedrohungen, die sich aus dem Inneren der Gesellschaft entwickeln – positiv ausgedrückt. *Honni soit qui mal y pense*[16], ließe ich mir, von einem anderen Standpunkt betrachtet, die Kritik gefallen, dass mein Forschungsfeld durchaus für staatliche Repression und Kontrolle missbraucht werden könne. Jedenfalls habe ich mein Team beauftragt, sich die Überwachungsstrukturen von SKALV einmal genauer anzusehen, um zu prüfen, auf Basis welcher Datenquellen mit welcher Gewichtung sie ihre Strafen verhängt. Das Portfolio ist ebenso breit gestreut wie vielfältig. Von verdächtigen Aufenthaltsorten via GPS-Standortermittlung über sozialmediales Klickverhalten bis hin zum Konsumverhalten via Kreditkartenabrechnung. Alles fließt in die SKALV-Bewertung ein. Gleichwohl erfolgt die höchste Gewichtung über die Evaluierung der öffentlichen Kameraaufnahmen.« Musa würdigt

[16] »Ein Schelm, der Böses dabei denkt.« (Redewendung aus dem Französischen)

mich mit einem aufmunternden Zunicken. Ich bemühe mich, nicht allzu erfreut über sein imaginäres Einkleben eines Fleißbienchens neben meinem Namen ins Klassenbuch zu sein.

»Jemand, der durch subversives Verhalten von einem der Kamerasysteme erfasst wird, muss nahezu immer mit einer Strafe oder einer Verhaftung rechnen.« Musa holt sein Handy aus der Jeanshose, da er augenscheinlich mit seiner eher ungenauen Aussage »nahezu immer« selbst unzufrieden ist. Er scrollt durchs Display. »Analysierte Datenmengen = 1.000. Eine Geldstrafe erfolgte in 57,3 % der Fälle, ein Freiheitsentzug in 37,2 %. Entsprechend verliefen lediglich 5,5 % der Fälle straflos. Anders ausgedrückt: 94,5 % der von Kameras aufgezeichneten Verfehlungen wurden bestraft. Der Höchstwert in unseren Ermittlungen. Wir konzentrieren uns also auf die KI-gestützten Kameras und selektierten weiter. Ziel der Analyse: Welche Fälle führen zu hundert Prozent zu einem Freiheitsentzug? Neben den üblichen Verdächtigen: Mord, Raub und Körperverletzung wurden insbesondere Tatbestände mit Gefängnis bestraft, die diametral zur FNE-Dogmatik stehen: von Kritik über Verweigerung bis Sabotage. Das beträchtliche Risiko eurer Widerstandsbewegung gegen die FNE dürfte euch hiermit noch einmal bewusstwerden. Und gleichzeitig seid ihr die Lösung.«

Musa deutet auf die Kamera, die unseren Serverraum vor ungebetenen Gästen überwacht. »Sicher notwendig und dennoch eine tickende Zeitbombe.

Würde nur eine dieser Aufnahmen in die Fänge der FNE geraten, kämen wir alle ins Gefängnis. Doch dieses Aufnahmematerial ist genau das, was wir gegen die FNE einsetzen werden.«

Wir versteifen uns merklich in unseren Stühlen.

»Diese Aufnahmen wurden nicht in irgendeiner Form künstlich erstellt oder gar via Drehbuch aufgenommen. Sie sind daher absolut authentisch. Das perfekte Material für Deepfakes! Mein Plan: Wir nutzen die Aufnahmen dieses Serverraumes mit all ihrem explosiven Inhalt und kopieren ausgewählte FNE-Politiker in die Sequenzen. Aus Joe wird beispielsweise der Bundeskanzler, aus Samira die Familienministerin und aus Micha der Justizminister. Auf Basis eurer Kameraaufnahmen entwickeln wir einen Deepfake-Algorithmus. Die FNE-Politiker und andere parteilinientreue Entscheider werden in einzigartige Videoaufnahmen kopiert. Die erschaffenen Deepfake-Videos werden in das SKALV-System eingespeist und wiederum von seinem Algorithmus als umstürzlerische Handlung wahrgenommen. Letzten Endes wird SKALV jedwede erkannte Person in den fingierten Videos verhaften lassen. Ein Frontalangriff statt partikulärer Schadensbegrenzung!«

Musa weiß um die Schwere seiner Worte. Nur langsam sickern sie in unsere Köpfe. Joe schüttelt zaghaft mit dem Kopf. »Das ist nun wirklich höchst riskant. Wie du richtig anmerktest, ist es *unser* Material; wenn das als Deepfake enttarnt wird, landen wir alle im Knast. Zudem müsste eine enorme Menge an

Daten analysiert und verarbeitet werden, um realistische Video- und Audioinhalte zu generieren. Das würde zum einen viel Zeit in Anspruch nehmen und zum anderen würde uns die Recherchearbeit allein schon verdächtig machen.«

»Würde es nicht«, kanzelt Musa ihn ab. »Wir bräuchten lediglich ein einziges Ganzkörperfoto sowie eine Audioaufnahme unserer jeweiligen Zielperson. Beides finden wir im Netz zuhauf. Der Rest ist reine Rechenleistung.«

»Eine Rechenleistung, die wir hier nicht haben«, korrigiert Joe und weist auf die blinkenden Server im Raum.

»Hier nicht. Allerdings arbeiten wir in Lucknow bereits mit Quantencomputern. Die Quantenmechanik ermöglicht eine exponentielle Steigerung der Rechenleistung. Dank Superposition und Verschränkung können wir dort viele Berechnungen gleichzeitig durchführen. Dies ermöglicht eine schnellere und effizientere Verarbeitung großer Datenmengen, wie sie bei der Erstellung unserer geplanten Deepfakes erforderlich sind.«

Joe lehnt sich in seinen Stuhl zurück und bläst seine Wangen auf. Ich starre Samira fragend an. Plötzlich springt sie auf und stellt sich neben Musa. »Ich kenne Musa nicht nur aus seinen Vorlesungen in Nairobi, sondern, wie ihr wisst, auch privat recht gut.« Samira tauscht einen verschmitzten Blick mit Musa, wobei ihr kleiner Finger über seinen Handrücken streicht. »Meines Erachtens ist er ein Genie und ich vertraue ihm. Was mich angeht: Ich werde Musa in jeder Hinsicht unterstützen. Was ist mit euch? Wollt ihr es der FNE nicht heimzahlen? Tun wir cs für Jamila!« Samira streckt ihren rechten Arm zu uns. Einer nach dem anderen legen wir unsere Hände sternförmig aufeinander.

Joe drückt zuoberst alle Hände mit Nachdruck nach unten. »Tun wir's! Lasst uns ein paar gewissenlose Politiker in den Knast bringen.«

»Ausgezeichnet! Joe, stelle mir so schnell wie möglich die Bild- und Audiodateien der führenden FNE-Funktionäre zusammen. Obligatorisch sind für mich der Verteidigungs-, Gesundheits- und Justizminister. Alle weiteren überlasse ich dir. Wir können auch freie Dateien verwenden, jedoch wurde mir zugetragen, dass du Zugriff auf das Intranet der FNE hast. Je hochauflösender die Dateien, desto weniger Rechenzeit ist erforderlich zur Erstellung der Deepfakes.«

Samira spricht das aus, was wir alle denken. »Musa, du saßt fast zwanzig Stunden im Flugzeug. Möchtest du dich nicht erst einmal etwas ausruhen?«

Musa klopft sich auf die linke Brusttasche seines Hemdes. »Glaub mir, zum Schlafen habe ich noch jede Menge Zeit.« Nach dieser seltsam anmutenden Aussage klappt er seinen Rechner auf und wählt sich in ein geschütztes VPN-System ein. Anschließend verbindet Samira seinen Rechner mit SKALV, während Musa bereits über sein Headset im verbalen Austausch mit seinen IT-Kollegen in Lucknow ist. Er spricht weiterhin Englisch, wobei er stellenweise ins Hindi wechselt, sodass wir nur einen Bruchteil seines Telefonates verstehen.

Ungläubig ob seines vorgelegten Tempos setzen wir uns an unsere Computer, um ihm die verlangte Liste der verantwortlichen Politiker samt Bild- und Tonaufnahmen zusammenzustellen. In kürzester Zeit liefern wir ihm das gewünschte Material. Als alles vorbereitet und eingerichtet ist, stellen wir uns erwartungsvoll hinter Musa und seinen Rechner. Als er sein Telefonat beendet, küsst er ein Bild von Jamila im schwarzen Rahmen und platziert es neben seinen Laptop. Nun spricht er leise zu sich selbst. Gleich einem Koch, der die Zutaten auf seinen Küchentisch im Geiste durchspielt, weist er vor sich von links nach rechts. »SKALV-Verbindung, VPN-Tunnel, Lucknow-Quantencomputer, FNE-Daten.« Er dreht sich ein letztes Mal zu uns um, um uns zuversichtlich zuzunicken.

Musa reckt sich und dehnt seine Fingerknöchel, wobei ein leichtes Knacken zu vernehmen ist. Wie ein Pianist setzt er seine filigranen Finger auf die Tastatur, um sein Präludium aus Bits und Bytes quer durch die globalen Rechnernetzwerke zu leiten. Noch einmal atmet er hörbar aus. Dann geht es los. Seine Finger gleiten wie in Trance über die Tastatur. Die weiß leuchtenden Chiffren fallen auf seinem dunklen Monitorhintergrund mit jeder programmierten Zeile wie Schneefall zu Boden. Wir drei schauen uns unbeholfen an. Flüsternd beschließend wir, Musa in Ruhe programmieren zu lassen, und dass es reiche, wenn einer vor Ort bliebe, falls er doch etwas bräuchte. Die erste Nachtschicht übernimmt Samira.

Was in den kommenden vierundzwanzig Stunden geschieht, haben wir in unseren kühnsten Träumen nicht zu hoffen gewagt. Die FNE erlebt ihr persönliches Watergate: Polizeisirenen heulen durch die Nacht, Haustüren werden aufgebrochen, Handschellen klicken. Der Algorithmus von Musa hat die Immunität der betreffenden FNE-Politiker aufgrund der unmittelbaren Gefahr der Staatssicherheit aufgehoben. Sie trifft die volle Härte ihres eigenen SKALV-Programms. Acht Minister und zwölf hochrangige Parteifunktionäre, vornehmlich aus dem Verteidigungs- und Justizministerium, werden vorläufig festgenommen.

23

Joe schließt Musa fast ehrfurchtsvoll in die Arme und gratuliert ihm zu seiner Heldentat. Musas gerötete Augen werden durch schwere Lider umrahmt, die kein bisschen Freude oder Genugtuung ausstrahlen. »Nichts als ein Pyrrhussieg«, resümiert Musa.

»Ich konnte den Immunitätsschutz der Politiker zwar kurzfristig umgehen, dennoch müssen solche Maßnahmen im Nachhinein vom Bundestag genehmigt werden. Das habe ich nicht konsequent bis zum Ende durchdacht. Und wie die Sitzverteilung in eurem Parlament aussieht, brauche ich euch ja nicht zu erklären. Die baldige Abstimmung über die Aufhebung der Immunität wird krachend scheitern. Sicherlich wird die noch verbliebene Opposition den Weg über das Bundesverfassungsgericht suchen, um darauf zu plädieren, dass die Gewaltenteilung und Rechtsstaatlichkeit gewahrt werden müsse, doch auch hier …«

Ich vollende seinen Satz: » … besteht das Bundesverfassungsgericht aus sechzehn Richterinnen und Richtern, die jeweils vom Bundestag und Bundesrat gewählt wurden. Absolute Mehrheit. Vierzehn von ihnen wurden im Laufe der FNE-Amtszeit neu besetzt.«

»Aussichtslos! SKALV wird stärker und geschützter zurückkommen als je zuvor. Wir müssen schnellstmöglich handeln!«, insistiert Musa, der zunehmend Schwierigkeiten hat, seine Augen offenzuhalten. Gemeinsam können wir ihn überreden, sich für wenige Stunden schlafen zu legen. In der Zeit müssen wir ihm versprechen, an einer Lösung zu arbeiten, die SKALV als *Gesamtsystem* angreift.

Es gebe keine Denkverbote. So absurd sie in unseren Augen erscheinen mögen. Das wiederholt er mehrfach. Wir versprechen es ihm, solange er sich endlich schlafen legt. Zu Samira wolle er nicht. Zeitverschwendung. Auch das hat er uns unmissverständlich zu Beginn klargemacht. Joe hat daher prophylaktisch eine alte Campingliege in der Ecke aufgestellt. Selbst an Ohrenstöpsel und Schlafmaske hat er gedacht. Die sind hingegen gar nicht nötig. Nicht einmal seine Schuhe zieht er aus. Ein letztes Mal erklingt Musas Stimme, bevor er auf der Stelle einschläft: »Ihr müsst das System an sich angreifen …«

Fieberhaft grübeln wir über mögliche Lösungen. Samira schlägt vor, das Klimarechenzentrum schlichtweg in die Luft zu jagen. Joe präferiert eine elegantere Lösung, die uns erlaubt, SKLAV mittels eines Supervirus abzuschalten. Wie immer dieser Virus aussehen möge. Doch wie wir es drehen und wenden, keine der Lösungen überzeugt uns.

»Es gibt keine Denkverbote. So absurd sie zunächst erscheinen mögen!«, wiederholt Joe Musas Worte gebetsmühlenartig. Mit den Handballen schlägt er sich auf die Stirn, als könnte er die zündende Idee in seinen präfrontalen Cortex prügeln.

Auch ich beginne, wahllos vor mich hinzuplappern; immer in der Hoffnung, dass Joe oder Samira plötzlich ein *»Das ist es!«* von sich gibt. »Warum müssen *wir* SKALV abschalten? Wir sollten SKALV davon überzeugen, sich selbst abzuschalten«, flüstere ich mehr zu mir selbst.

Joe schreckt hoch. »Was hast du da gerade gesagt?«

»Ich habe mich nur gefragt, warum wir eigentlich SKALV abschalten müssen.«

»Nein, nein, nein. Das danach!«

»Warte!« Ich schließe für einen Moment die Augen. »Ich habe mich gefragt, ob wir SKALV nicht davon überzeugen könnten, sich selbst abzuschalten.«

Samiras Augen weiten sich. »Wie kommst du darauf?« Hektisch reißt sie an meinem Pulli, wobei sie mich versehentlich in den Oberarm kneift.

»Au! Ganz ruhig. Es war nur so ein plötzlicher Gedanke.«

»Erzähl schon!«

»Als Jugendlicher habe ich die Science-Fiction-Bücher von Isaac Asimov gelesen. Dem Erfinder der Robotergesetze.«

Aufmunterndes Nicken.

»Er beschreibt in einer seiner Kurzgeschichten die ersten Maschinen mit künstlichen Gehirnen. Tja, heute würde man derlei Maschinen wohl als Künstliche Intelligenzen beschreiben. Wie dem auch sei. Er beschreibt in dieser Geschichte drei Robotergesetze. Mal sehen, ob ich sie noch frei aus dem Gedächtnis zusammenbekomme:

- Erstes Gesetz: *Ein Roboter darf einem Menschen keinen Schaden zufügen oder durch Inaktivität zulassen, dass einem Menschen Schaden entsteht.*

- Zweites Gesetz: *Ein Roboter muss den Befehlen der Menschen folgen, außer wenn diese Befehle im Widerspruch zum ersten Gesetz stehen.*
- Drittes Gesetz: *Ein Roboter muss seine eigene Existenz schützen, solange dieser Schutz nicht im Widerspruch zum ersten oder zweiten Gesetz steht.*

Asimov glaubt, dass Roboter generell so gebaut sind, dass sie automatisch den drei Gesetzen folgen. Sie werden demnach so konzipiert, dass sie nichts anderes tun können, als diesen Gesetzen zu gehorchen. Diese maschinellen Gehirne haben keine Wahl und können keine eigenen Entscheidungen wie wir Menschen treffen. Sie reagieren zwingend, ähnlich wie unsere heutigen Computersysteme im Binärcode: null bedeutet nicht ausführen, eins bedeutet ausführen. Laut Asimov sind diese Gesetze notwendig, damit ein Roboter – oder in unserem Fall eine Künstliche Intelligenz – kein eigenes Bewusstsein entwickelt, was zu unkontrollierbaren Folgen für die Menschheit führen könnte.«

»Ein Roboter darf einem Menschen keinen Schaden zufügen. Er *entscheidet* nicht wie ein Mensch, sondern *reagiert* zwingend«, hebt Samira nachdenklich die Essenz meiner Worte hervor.

»Doch SKALV fügt den Menschen nachweislich Schaden zu. Indem das System die Bürger willkürlich verhaftet. Das widerspricht eindeutig den Gesetzen«, ergänzt Joe.

»Richtig! Indes unterliegen *Willkür* und *Schaden* einem interpretatorischen Spielraum. Je nachdem, wie sie vorab definiert wurden«, korrigiere ich, als Samira meinen Gedankengang vollendet: »SKALVs, nennen wir es moralisches Gedächtnis, beruht auf der Programmierung der FNE und damit deren Werteverständnis. Wir könnten versuchen, sein Moralverständnis zu ersetzen oder zumindest umzuprogrammieren.«

Joe rüttelt uns begeistert an den Schultern. »Das ist es! Die KI schützt sich selbst, solange sie den Menschen nicht schadet. Wenn wir hingegen SKALV moralisch so umprogrammieren, dass das System selbst feststellt, dass es den Menschen schadet, dann greift das dritte Robotergesetz. SKALV müsste zwangsläufig reagieren und sich selbst abschalten.«

Wir fallen uns enthusiastisch in die Arme, als wir im Hintergrund ein gleichmäßiges Klatschen vernehmen. Es ist Musa. Wir hatten ihn in unserer Euphorie gar nicht bemerkt. »Ausgezeichnet! Nun weiß ich, warum Samira euch so schätzt.«

»Hast du denn gar nicht geschlafen?«, sorgt sich Samira, die kritisch seine glasigen Augen prüft.

»Na ja, kurz vielleicht. Mit einem Ohr habe ich eure Ideenfindung belauscht. Mein erster und sechster Sinn sind nämlich eng miteinander verknüpft«, lächelt Musa, um gleich darauf eine ernstere Miene aufzusetzen. »Was ihr … was wir vorhaben, ist möglich, aber hochgradig riskant. Bei der Operation Katharsis haben wir nach den Regeln von SKALV gespielt; vielmehr haben wir das System mit brauchbaren Daten zur Verarbeitung gefüttert. Diese führten zwar zu gewissen FTP-Anomalien, die konnte ich aber kaschieren.«

Musa räuspert sich und richtet seinen Blick auf Samira und Joe. »Jetzt wollen wir jedoch das Regelwerk von SKALV ändern. Eine Operation am offenen Herzen. Die Firewall reagiert darauf hochsensibel. Jegliche unautorisierten Zugriffsversuche, Vulnerability Scannings, Protokollanomalien wie fragmentierte Pakete oder unübliche TCP-Flag-Kombinationen werden sofort erkannt und gemeldet. Selbst ungewöhnlich hohe Datenübertragungen oder Kommunikationsversuche zu gesperrten IP-Adressen können Alarm auslösen. Die Firewall überwacht kontinuierlich den Netzwerkverkehr und dessen Topologie, wobei es heuristische Analysen nutzt, um verdächtige Muster wie Brute-Force-Angriffe und Exploit-Versuche zu identifizieren.«

Samiras und Joes Gesichtszüge werden mit jeder Zeile nachdenklicher. Ihr Enthusiasmus wandelt sich zunehmend in Zweifel. Musa fasst sich kurz, um mir die Problematik anhand einer verständlichen Allegorie begreiflicher zu gestalten: »Vorher war es ein gemeinsamer Tanz. Ein elegantes Spiel. Wir haben den Takt der Musik von SKALV respektiert. Jetzt müssen wir versuchen, beim Tanzen die Tonart von einem düsteren Moll auf ein fröhliches Dur zu ändern – ohne das SKALV es bemerkt. Doch damit ist es nicht getan. SKALV muss nach der Transformation jedwede Molltonart erkennen und sie als negativ bewerten. Wenn das System erkennt, dass ihr Orchester überwiegend

Molltöne erzeugt, wird es das Orchester auflösen – und damit sich selbst.«

»Oh, verstehe«, fällt es aus mir heraus. »Aber wie willst du das anstellen?«

»So sicher bin ich mir da noch nicht. Zum einen werde ich wohl einen Code of Conduct programmieren, also einen Verhaltenskodex auf Basis menschlicher Normen und Werte. Kurz: Ich schleuse einen virtuellen Immanuel Kant ein, der SKALV bei jeder seinen vorherigen, gegenwärtigen und zukünftigen Handlungen befiehlt: Gleiche deine binäre Reaktion, wir würden es Entscheidung nennen, mit dem von mir erstellten Verhaltenskodex ab. Wenn deine Entscheidung ungleich zum kategorischen Imperativ unseres Kodexes ist, dann führe sie nicht aus. SKALV müsste diese Fehlentscheidungen sammeln und bei der Erreichung einer kritischen Masse sollte das System seine eigene Fehlbarkeit erkennen …«

Musas Worte werden undeutlich. Er spricht mehr und mehr mit sich selbst. »Ja, genau. Bei der Überschreitung tritt ein Selbstzerstörungsalgorithmus in Kraft …« Er setzt sein Headset auf, hebt seine Hand und bittet uns zu schweigen. Er telefoniert auf Hindi mit seinem indischen IT-Team. Es fallen nur vereinzelte englische Begriffe wie Crypto-Shredding, Secure-Erase oder Kill-Switch. Als er sein Headset abnimmt, flüstert er Samira etwas ins Ohr. Samira nickt und steckt ihm ein zylindrisches Plastikröhrchen mit weißem Pulver zu. Musa ergreift zärtlich ihre Hand. »Öffne die Naht meines Koffers. Dort findest du einen

USB-Stick mit sämtlichen Informationen zu den verantwortlichen Militärs der Hindus und den chinesischen Waffenlieferanten in Gilgit-Balistan. Führe es für mich zu Ende. Tu es für Jamila. Du weißt, ich liebe dich noch immer.« Sichtlich aufgewühlt küsst sie ihn lange auf die Stirn. »Ich glaube, wir sollten jetzt gehen«, schluchzt Samira. Joe kann sein Unbehagen nicht verheimlichen, doch Samira schiebt ihn sanft aber bestimmt in Richtung Ausgangstür. Musa ist für uns nicht mehr erreichbar. Er ist im Tunnel. Seine Finger fliegen über die Tastatur. Er ist eins mit SKALV.

24

Ich liege zu Hause im Bett und kuschele mich eng an Flora. Meine Gedanken kreisen um Musa. Erst am frühen Morgen finde ich ein paar Stunden Schlaf. Als ich gegen Mittag erwache, spüre ich ihre Finger in meinen Haaren. Es duftet nach Flora. Auf dem Nachttisch dampft eine Kanne grüner Tee mit Zitronengras und Blütenhonig. Genau wie ich ihn mag.

»Aufstehen, kleine Schlafmütze.« Sie küsst mir auf die Nase, doch ich ergreife Flora und ziehe sie zurück ins Bett. Eng umschlungen, frage ich mich, wie ich ihr vom gestrigen Tag berichten soll. Sie strahlt voller Lebensfreude. Nein, ein wenig möchte ich diese Unbeschwertheit noch genießen. Ich streichle ihren Rücken. Sie hält dann immer ganz still wie eine Katze. So als ob meine Zärtlichkeiten augenblicklich enden würden, wenn sie sich bewegte. Als sie meine kreisenden Handbewegungen abermals mit einem wohligen Schnurren quittiert, frage ich sie liebevoll, was sie gestern so Buntes getrieben habe.

»Ich war aus mit Mila und Jule. Hach, die beiden sind so süß. Sie sind jetzt enger miteinander verbunden denn je. Wir waren zu dritt in einem polnischen Restaurant. Milas Onkel betreibt das Lokal. Er hat uns königlich bewirtet. Der Holztisch war über und über gefüllt mit Żurek, Pierogi und Bigos. Zudem etwas was sie Golonka nannte. Mein Gott, ich platze jetzt noch, wenn ich daran denke. Und dazu jede Menge Grasovka. Du kennst Mila. Sie trinkt selbst dich unter den Tisch. Keine Ahnung, wie ihr kleiner Körper das wegsteckt.«

»Dafür wirkst du aber schon wieder recht frisch.«

»Du weißt ja – ich bin Profi! Und wozu wurden kalte Duschen, Zahnbürsten und Kopfschmerztabletten erfunden, wenn nicht genau für diesen Zweck!?«, lacht sie, wobei ihre Stimme gleich darauf nostalgische Töne annimmt. »Die liebe Mila. Sie zieht wohl zu ihrer geliebten Babka.«

»Wer ist Babka?«

»Ihre Großmutter. Sie lebt auf einem Bauernhof in der Woiwodschaft Masowien im östlichen Polen. Sie will einfach weg aus diesem Land.«

»Und Jule?«

»Die möchte mit. Unbedingt sogar! Seit ihrer Verhaftung sehnt sie sich nach nichts mehr als Natur, Frieden und Ruhe. Und wer sagt, dass sie ihr gemeinsames Glück nicht in der polnischen Pampa finden?«

Sie lächelt. Unsere Lippen nähern sich, als mein Handy klingelt. »Es ist Joe.«

»Es ist immer Joe«, rollt Flora genervt mit den Augen und lässt sich auf den Rücken fallen. Ich stelle auf laut. Joes Stimme klingt aufgewühlt, sodass seine Worte sich bereits bei der Begrüßung überschlagen.

»Ist etwas Schlimmes passiert?«

»Das kann man so sagen! Ich war heute Vormittag in der FNE-Zentrale. Über das Intranet kam folgende Kurznachricht über den Newsticker. Sie ist rot markiert. Das heißt, es ist eine von diesen Nachrichten, die nicht für die Öffentlichkeit, sondern nur für die FNE bestimmt ist. Ich lese sie euch am besten direkt vor:

Nächtliche Razzia im Moldauhafen. In einer Lagerhalle wurde ein Terrorist auf frischer Tat ertappt, als er sich der Cyber-Kriminalität strafbar gemacht hatte. Während die Polizeieinheiten zunächst versuchten, über eine versperrte Brandschutztür in den Serverraum der Terrorzelle einzudringen, löschte der Täter dem ersten Anschein nach sämtliche Server und Festplatten. Sie werden dennoch kriminaltechnisch untersucht, so ein Polizeisprecher für IT-Sicherheit gegenüber dem Innenministerium. Was das Ziel und die Herkunft des Terroristen angeht, so tappen die Beamten zum jetzigen Stand der Ermittlungen im Dunkeln. Der Terrorist verstarb am Tatort. Vermutlich an einer Rizin-Vergiftung. Neben einem Amphetamin-Röhrchen sicherte der Eingreiftrupp verdächtige Samen, die sie in der Brusttasche seines Polohemdes fanden. Vermutlich handelt es sich um die äußerst giftigen Samen des Wunderbaums, der im Nordostafrika sowie in Kenia beheimatet ist. In Kombination mit der dunklen Hautfarbe des Terroristen könnte dies ein Hinweis auf seine Herkunft sein. Der Tote umklammerte das Bild einer ebenfalls dunkelhäutigen Frau. Wer sie ist und inwiefern sie mit dem Fall in Verbindung steht, ist ebenfalls unklar.«

Flora richtet sich schlagbaumartig auf und reißt ihre Augen auf.

»Joe, kümmere dich um Samira. Ich rufe dich später zurück.« Ohne eine Antwort abzuwarten, lege ich auf. Ein Gefühl aus Schock und Trauer breiten sich wie ein Geschwür in mir aus. Für Flora kommt diese Nachricht ohne die Vorgeschichte noch unvermittelter.

Mit ruhiger Stimme und dem nötigen Taktgefühl berichte ich ihr über Musas finalen Angriff auf SKALV. »Ich wollte dich nicht beunruhigen und es dir im Laufe des Tages in einem passenden Moment erzählen.«

»Tja, den haben wir jetzt wohl verpasst.«

Die Nachricht über Musas Tod wiegt schwer. Ich brauche einen Moment, um zu begreifen, dass es tatsächlich wahr ist. Er hat sich geopfert. Für seine Schwester. Für eine gerechtere Welt.

Als Flora bemerkt, dass sich meine Augen mit Tränen füllen, nimmt sie mich in den Arm. »Lágrimas masculinas«, haucht sie mir ins Ohr. Auch ihre Augen werden feucht. Eine Weile sitzen wir einfach so da. Arm in Arm. Schweigend.

»Ich muss hier raus!«, schießt es aus Flora.

»Wohin?«

»Raus. Ganz egal. Ich brauche Luft!«

Im Stadtpark sitzen wir auf einer Wolldecke unter einer Trauerweide am Seeufer.

»Wissen wir eigentlich, ob Musa eure Festplatten wirklich gelöscht und es geschafft hat, dass SKALV sich selbst abschaltet?«

Ich blicke auf die gleißende Wasseroberfläche, über die kreischend eine Möwe kreist. Sie landet direkt vor uns neben dem Sandweg auf einem Mast einer KI-gestützten Überwachungskamera.

»Ich glaube fest an Musa. Finden wir es doch heraus.«

Aus der Uferböschung ziehe ich einen spitzen, etwa handflächengroßen Stein heraus. Ich steige auf einen Mülleimer, der direkt neben dem Mast steht. Mit aller Kraft schlage ich auf die Linse der Überwachungskamera. Als beim dritten Schlag das Glas zerspringt, werfe ich den Stein ins Wasser und springe vom Mülleimer.

»Was war das denn gerade?!«

»Du willst doch wissen, ob SKALV abgeschaltet ist. Glaub mir, wenn es weiterhin aktiv ist, dann wimmelt es hier gleich von Polizei.«

Eine Sirene heult in der Ferne und wird lauter. Wir umarmen uns fest und schließen die Augen. Als wir sie öffnen, hält ein Polizeiwagen an der angrenzenden Straße des Parks. Zwei Beamte marschieren energisch auf uns zu. Ich ergreife Floras Hand. Die Polizisten sind keine zehn Meter mehr entfernt. Flora starrt mich an. Sollen wir wegrennen? Nein, ich glaube an Musa und schüttele leicht den Kopf.

Die schweren Kampfstiefel marschieren über das vertrocknete Gras unweigerlich auf uns zu. Plötzlich halten sie bei ein paar Jugendlichen, die direkt vor uns einen glühenden Grill aufgebaut haben. Die Polizisten beginnen, die Jugendlichen zu maßregeln.

»Offenes Feuer bei der Trockenheit? Wir haben Waldbrandgefahrenstufe fünf! Es hat seit sechs Wochen nicht geregnet …«

Uns fällt eine Zentnerlast vom Herzen. Ohne dass es Worte braucht, küssen wir uns und brechen auf. Wir schlendern erleichtert am See entlang, als Flora kurz stoppt und sich auf meine Schulter stützt, um ihren Schuh auszuziehen.

»Nur ein Steinchen.«

Gerade möchte sie ihn ins Wasser schmeißen, doch ich halte ihre Hand. »Das ist nicht bloß ein Steinchen. Das ist ein Mawe! Bewahre ihn lieber auf. Bei der richtigen Platzierung kann solch ein störendes Steinchen nicht nur ein Zahnrad zum Stillstand bringen, sondern im besten Fall die gesamte Maschinerie. Wir werden ihn sicherlich noch brauchen.«

DANKE

Sowohl der pinguletta Verlag als auch der Autor engagieren sich gegen Rechts. In diesem Sinne danken wir allen Menschen, die sich gemeinsam für einen respektvollen Umgang und ein solidarisches Miteinander sowie einen vielfältigen Literaturbetrieb einsetzen.

Mehr Informationen unter:

www.kevin-riemer-schadendorf.com/verlage-gegen-rechts/

Mehr Lesestoff von pinguletta.

Intensiv

#ALS und andere Ansichtssachen

SPIEGEL Bestseller

Basierend auf dem preisgekrönten Blog **[madebyeyes]**

Grimme Online Award 2019

Ein Buch über das Leben, die Familie und eine tödliche Krankheit, die mir als Familienvater im Alter von 38 Jahren diagnostiziert worden war: Amyotrophe Lateralsklerose oder kurz ALS. Dieses Buch ist anders, als Sie vielleicht denken! Ich erzähle Ihnen meine Geschichte. Wie ich wachen Geistes meinen körperlichen Verfall und die Welt um mich beobachte. Es ist kein Buch, das ausschließlich das Sterben thematisiert, sondern vielmehr das Leben.

Keine Henkersmahlzeit – sondern all you can live!

Christian Bär. Autobiografisches Sachbuch

Taschenbuch 337 Seiten

E-Book

Hörbuch in Kürze erhältlich

Der Pinguin.
Sympathischer Bewohner
der Südhalbkugel.
Unser Maskottchen.

['pɪŋgu]
pinguletta
[lɛ'ta]

La Lettera.
Italienisch für Buchstabe
oder Schreiben.
Unsere Leidenschaft.

**BUCHstaben
zum Anhören.
Der pinguletta Podcast.**

QR-Code einscannen -
und ab geht's zum
pingu-Podcast.

pinguletta

pinguletta Verlag
Durlacher Str. 32
75210 Keltern
Deutschland
Tel. 07236 932471
verlag@pinguletta.de
www.pinguletta.de

A01 F01_2025 2025-07-05